KB000445

인류의 종말은
투표로 결정되었습니다

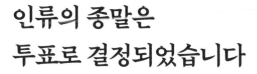

인류의 종말은
투표로 결정되었습니다

위래

유권조

천가연

이아람

김도연

백승화

황금가지

차례

죽이는 것이 더 낫다   **7**
제2회 종말 문학 공모전 당선작

침착한 종말   **35**
제4회 황금드래곤 문학상 이야기 부문 당선작

캐시   **77**

시네필(들)의 마지막 하루   **139**

멸망을 향하여   **191**

가위바위보 세이브 어스   **235**

죽이는 것이 더 낫다

제2회 종말 문학 공모전 당선작

위래

2010년 8월 네이버 오늘의 문학에 「미궁에는 괴물이」를
게재하며 첫 고료를 받았다. 이후 여러 지면에서 꾸준히
장르소설을 썼다. 소설집 『백관의 왕이 이르니』를 출간하고,
웹소설 『마왕이 너무 많다』와 『슬기로운 문명생활』을 연재했다.
최근 경장편 『허깨비 신이 돌아오도다』가 나왔다.

1.

[043022] B021342와 관련 사건에 대한
요약 및 주요 내용

1) B021342의 외견 및 내용

B021342는 한 권의 책이다. 그 책은 실제본 된 내지에 별다른 표식이 없는 옅은 가죽 장정에 싸인 양장본으로 그리 두껍지 않다. 표지인 가죽은 탄닌 무두질로 유추되는 가공 과정에 의해 DNA를 검출할 수 없는 상태였고, 종이의 제작 시기는 20세기 중반 정도로 현재는 가장자리가 다소 누렇게 변색 되었다. 쪽수는 모두 212쪽이었다. 현대 알파벳으로 쓰인 본문은 수서관(收書官) ■■■ ■■■■ 이 기계 장치를 이용해 불특정 페이지를 펼쳐 단어들을 무작위 선별한 결과, 종이의 연대와 같은 20세기 중반 정도의 비문학으로 분류할 수 있는 텍스트라고 예상된다. 잉크 검사 결과 덕분에 그 출신국이 영국 또는 독일로 좁혀져 B021342의 출처가 황금새벽회나 장

미십자회가 아닌가 이야기 나왔으나 두 단체 모두 부정했다. 수서관 ■■■ ■■■■은 안대를 착용한 뒤 비파괴 스캐닝 후 언어 인공신경망 모델 C와 B를 통해 B021342를 요약했다. 서로 다른 길이로 요약된 B021342는 자발적으로 참여한 사형집행 대상자로 읽기 실험에 행해 약 스무 단어까지는 B021342-01과 B021342-03을 발생시킬 가능성이 있었으며, 그 이하의 경우라도 최근 발견된 B021342에 대한 집착과 강박, 불안 증세 등 정신병리학적 문제를 일으키는 B021342-04가 나타날 수 있음을 확인했다. 수서관 ■■■ ■■■ ■은 도서를 직접 읽지 않고는 책의 출처를 유추할 수 없다고 판단 내렸으나, B021342-01과 B021342-02에 대한 우려로 아무 문제가 없음이 확인된 최소 요약본만을 싣는다. "■■■ ■■ ■ ■■".

2) B021342의 발견과 최초의 B021342-01

B021342가 처음 발견된 곳은 뉴욕 월스트리트 시청 공원의 나무 벤치였다. ■■의 도서관은 미 국토안보부와 뉴욕 경찰국의 협조를 받아 주변 CCTV와 블랙박스 열람을 허가받아 도서가 어떤 인물에 의해 놓였는지 추적하려 했으나 당시 해당 나무 벤치를 정확히 비추고 있는 카메라가 존재하지 않았기에 2020년 2월 29일 아침에서 당일 점심 사이에 모종의 인물이 그 책을 그 자리에 두고 떠났다

고밖에 볼 수 없었다.

BO21342를 처음으로 발견한 사람은 시청 공원과 주변 구역을 청소하는 올리버 포레스트라는 이름의 53세 남성으로, 오전 07시 30분 즈음 책을 발견했으나 어딘가 값비싸 보이는 책으로 보여 단순 분실물로 판단하고 손을 대지 않았다. 이후 BO21342는 오후 12시 04분 트레이너로 일하고 있는 에이든 라미레스와 그레이슨 헤이즈가 발견할 때까지 그 자리에 있었다. 이하는 뉴욕 경찰국 수사 관리 시스템에 보관되어 있던 헤이즈의 인터뷰다.

수사관: 책을 발견하기 전의 상황에 대해 설명해 주시죠.
헤이즈: 평소와 다르진 않았어요. 늘 에이든과 점심을 먹는데 그날은 새로 생긴 포케 가게가 있어서 거기 갈 생각이었죠. 그런데 줄이 너무 길더라고요. 기왕 걸어온 김에 바로 옆 서브웨이에서 샌드위치를 사서 시청 공원 앞에서 먹기로 했죠. 거기 그 책이 있었죠.
수사관: 누가 먼저 발견한 건가요?
헤이즈: 저였어요. 제가 그랬을 거예요. "저 책 좀 봐. 우리 「아메리칸 피커스」에 나갈 수 있겠다." 그랬더니 에이든이 "그냥 가죽 공책이겠지. 스밋슨이나 몽블랑 같은 거 있잖

아."라고 말하면서 책을 집어 들었죠. 에이든이 스륵 훑으니 빽빽하게 써진 글씨들이 보였죠. 책이 맞았어요.

수사관: 그러고는요?

헤이즈: 샌드위치 포장을 까서 먹기 시작했는데, 에이든이 책에 관심이 가는지 읽기 시작하더라고요. 제가 이직을 고민하고 있어서 책을 발견하기 직전까지 그 이야기 중이었는데, 샌드위치를 먹는 동안 책만 읽고 한마디도 하지 않았어요. 처음엔 에이든이 장난을 치는 줄 알았어요. 제가 몇 번이나 에이든을 불렀는데 "잠시만." 하고 제지하거나 고개를 가로젓거나 별 반응이 없었죠. 저는 외롭게 점심을 먹은 거죠.

수사관: 같이 읽어볼 생각은 들지 않았습니까?

헤이즈: 저는 책 안 읽어요! 책보단 유튜브를 보죠.

수사관: 라미레스 씨는요?

헤이즈: 에이든은 아놀드나 마크 리피토가 쓴 책 같은 걸 들고 다니는 걸 봤었죠. 저는 샌드위치를 다 먹었는데도 에이든은 반도 먹지 않았더라고요. 저는 기분이 상해서 먼저 헬스장으로 돌아가 버렸죠. 지금 생각해보면 그게 천만다행이었네요.

수사관: 혹시 몇 시였는지 기억하십니까?

헤이즈: 헬스장에 도착했을 때 12시 19분이었어요. 에이든이 늦을 수도 있겠다 생각했죠.

시청 공원 CCTV를 확인한 결과 라미레스가 자리에서 일어난 것은 12시 22분이었다. 라미레스는 직장이 있는 건물에 도착했으나 엘리베이터를 타고 올라가지 않고 지하 주차장으로 내려갔다. 12시 34분 지하 주차장의 CCTV에 찍힌 라미레스의 왼손에는 그 책이 들려있었다. 그는 주차된 자신의 SUV 차량으로 향하고 있었다. 라미레스는 12시 36분 자신의 차량에 시동을 걸었으며, 12시 37분 도보 3분 거리의 브로드웨이 68 챔버스 스트리트로 차량을 돌렸다. 라미레스의 차량에 찍힌 블랙박스 정보에 따르면 12시 37분 17초, 점심 식사를 마치고 회사로 돌아가고 있던 회사원 세 명을 차로 치었다. 이후 라미레스는 무고한 행인들을 향한 질주를 멈추지 않았고 뉴욕 경찰 차량 세 대가 카날 스트리트로 들어서는 피와 살점으로 젖은 SUV를 막아설 때까지 모두 12명의 사망자와 31명의 부상자가 발생했다. 라미레스는 차량의 시동을 끄고 손을 들고 나오라는 경찰의 지시에 불응, 현장에서 사살되었다.

3) 두 번째 BO21342-01과 BO21342의 이동

'뉴욕 차량 테러' 알려진 사건 이후, 떠들썩했던 사흘 동안 BO21342는 별다른 주목을 받지 못하고 범죄 현장 증거물로 뉴욕 경찰국 증거물 보관 센터에 지퍼백에 밀봉된 채 보관되었다. 하지만 현장과 주변인 조사로 별다른 테러 혐의점을 찾지 못하자 담당 수사관인 아이작 쿠퍼는 3월 2일 자신의 사건 일지를 저술하며 외로운 늑대형 테러일 것으로 추론했으며 가죽 노트로 잘못 기재되어 있던 BO21342를 열람하기로 결심한다. 증거물 보관 센터에 확인된 열람 요청은 3월 3일 오전 09시 08분 경이었다.

쿠퍼의 동료 형사들은 쿠퍼가 '지퍼백에 밀봉된 누런 가죽 장정의 책'을 들고 자신의 사무실로 곧장 가져가는 것을 확인했다. 쿠퍼는 41분 뒤 사무실에서 나온 뒤, 동료 형사들을 지나쳐 자신의 순찰 차량으로 걸어갔다. 당시 형사들은 쿠퍼가 '화가 난 것처럼 눈을 부라리고 있었'으며, 그 책을 '마치 성경처럼 한 손에 끌어안고 있었다'고 말했다. 쿠퍼는 그대로 승용차를 끌고 뉴욕 컬럼비아 대학병원으로 이동했다.

에이든과 쿠퍼에 의해 일어난 사상자 숫자의 차이, 대상의 선별 과정은 BO21342-01이 사람마다 달리 나타날 수 있음을 암시한다. 쿠퍼는 두 자루의 권총과 자동소총으로 무장했고 총알을 아끼기 위해 무장하지 않은 사람을 상대로는 칼과 맨손을 사용했다. 또한 쿠퍼는 뉴욕 경찰국을 상대로 인질극으로 기만해 초기 대응을 늦추게 하는 등 여러 전술을 사용했다. 쿠퍼는 11시 49분, 돌입한 스왓에 사살되었다.

뉴욕 경찰국 검사 카밀라 포스터는 쿠퍼의 동료 형사들로부터 쿠퍼가 소지하고 있던 책이 이전 테러와 연관되어 있다는 사실을 확인했다. 과거 신비 사건을 경험한 적이 있었던 포스터는 해당 도서를 신비혐의점이 있을 것으로 추측, 그대로 밀봉한 뒤 'CIA 신비대응팀'으로 보냈다. 하지만 이 선택은 차후 결과를 보건대 명백한 실수였다.

CIA 신비대응팀은 신비를 미국의 전략자산으로 쓰기 위해 ■■의 도서관 또는 다른 신비 단체에 정보를 공유하지 않고 있으며, 수서관이 ■■으로 얻어낸 자료 또한 대부분 파쇄되어 있었다. BO21342를 계기로 CIA 신비대응팀은 해체되기 때문이다. 사건에 대해 얻을 수 있는 정보는 대략 10일간 BO21342이 CIA 신비대응팀에 있었으며, '유능한 요원 아홉을 잃었다'는 전 요원의 진술뿐이다. 현재 BO21342에 의한 CIA 신비대응팀에 대한 기록은 알 수 없다.

하지만 CIA 신비대응팀이 아무런 성과를 내지 못한 것은 아니었다. 희생 끝에 BO21342에 대한 몇 가지 정보를 얻게 된 것이다. BO21342는 아주 매력적이고, 읽기 시작하면 쉽사리 그만둘 수 없으며, 어느 정도 읽게 될 경우 다른 사람을 죽이고 싶다는 강렬한 열망에 휩싸인다. 그리고 이러한 열망은 책을 읽는 이의 지성과 의지와 무관한 것처럼 보인다.

CIA 국장인 빅터 에이드리언은 파쇄 요청으로 올라온 BO21342를 두고 오랜 시일 고민한다. 에이드리언은 후일 그 책을 파괴하는 건 쉽지만, 그 신비를 잘 이용한다면 미국의 적들을 상대로 유리한 입지에 있을 수 있을 거라는 아이디어를 떠올렸다. 에이드리언은 그 책을 들고 국토안보부 장관인 다니엘 카슨을 만난다.

■■■에 의해 도청된 에이드리언과 카슨의 대화를 옮기자면 이렇다.

에이드리언: 이 책이 위험하다는 건 압니다. 읽기만 해도 사람을 죽이는 책이라니. 그 책 때문에 백 명이 넘는 사람들이 죽었습니다. 하지만 보세요, 카슨 장관님. 미국에서 교통사고로 사망하는 사람이 몇 명이나 있는 줄 아십니까? 하루에 백 명입니다. 모기가 전 세계에서 사람을 얼마나 죽이는지 아십니까? 삼천 명 가까이 됩니다. 이 책은 자동차만큼도, 모기만큼도 사람을 죽이지 않습니다.

카슨: 하지만 자동차도, 모기도 사람을 죽이려고 만들어진 건 아니지. 그건 사람을 죽이기 위해서 만들어진 것 같지 않나?

에이드리언: 그렇습니다. 바로 그겁니다, 카슨 장관님. 사람을 죽이기 위해서 만들어지는 걸 사람들은 무기라고 합니다. 이 책은 바로 무기입니다.

카슨: 미국인을 죽이기 위한 무기겠지.

에이드리언: 예. 이 책은 현대 알파벳으로 쓰여 있으니 미국인을 죽이기 위한 무기였죠. 하지만 이 책이 키릴문자나 한자로 쓰여 있었다면 어떨 것 같습니까?

4) 9팀의 B021342 연구와 번역

이 대화 이후 카슨은 B021342를 51구역으로 보냈고 직접 연구팀을 창설했다. '9팀'으로 불린 B021342의 연구팀은 여러 연구자와 논리학자, 고서 연구가가 투입되었고 현재 알려진 B021342에 대한 정보 중 대다수가 이때 기록되었다. 특히나 B021342를 읽고 일어나는 살인 충동과 살인 계획을 가지게 된 사람, 즉 '살해자'라고도 불리는 B021342-01에 대한 연구가 많았다. 확인은 되지 않으나 높은 수준의 보안, 또한 여러 주에서 이송된 사형수가 연구에 투입된 것으로 보아 VVVIP의 인가도 있었던 것으로 보인다.

9팀은 독방의 사형수들을 대상으로 한 132회에 걸쳐 그 책을 읽게 하는 실험 연구를 통해 여러 통계 결과를 내놓았다. 가장 빠르게

B021342-01이 된 경우는 3페이지였으나, 13명의 사형수의 경우 그 책을 완독하고서도 겉보기로는 적극적인 살인 충동을 드러내지 않았다. 하지만 13명 모두 연구자 면담 또는 다른 사형수를 합방하는 경우 공격적인 성향을 숨기지 못했고, 일부는 자신들의 목적에 성공했다.

이에 따라 9팀은 그 책을 읽는 데 있어 서로 다른 양상이 나타날 수 있다는 걸 알게 되었지만, 그것이 구체적으로 무엇을 기준으로 하는지는 알아내지 못했다. 성별과 나이는 물론 근력과 지능 지수, 정치 선호, 인적 검사의 차이에 따라 유의미한 양태를 파악할 수 없었다. (별첨하자면 ■■의 도서관 내부 실험 결과 가장 의미 있는 구분 지표는 독서량이었다.)

9팀은 13명의 사형수 모두와 면담하며 되도록 구체적인 내용을 말하지 않는 선에서 그 책에 대한 감상을 요구했다. 사형수들은 하나같이 그 책의 문장이 몹시 매력적이며 설득력 있으며, 놀라운 수사법으로 가득하다고 말했다. 하지만 책에 대한 묘사는 일관되지 않았으며 장황한 구석이 있었다. 또한 이들은 연구자들에게 '정말 재미있으니 읽어보세요', '읽으면 후회하지 않을 겁니다' 등 추천을 하거나 '겁이 나서 읽지 않느냐'며 도발하는 등 그 책을 읽게 하려는 전략을 취했다. 이러한 경향은 단순히 그들이 그저 그 책에 도취된 것인지, 아니면 그 책이 가진 신비의 효과인지 불분명하다.

다만 BO21342에 대한 연구량에 비하면 알아낸 것이 결코 많다고 할 수는 없다. 9팀의 연구가 부실한 것은 9팀의 가장 큰 목표가 BO21342의 정체를 파악하고 한계를 확인하기보다, 에이드리언의 아이디어에 따라 그 BO21342를 무기화하는 것, 즉 번역하는 것이었기 때문이다. 9팀은 여러 가지 방법으로 해당 도서를 번역하려고 했다.

사형수 중 프랑스어 번역이 가능했던 펠리스 악셀은 BO21342를 번역해달라는 요청을 받고 난처해했으나 BO21342를 완독한 뒤에는 흔쾌히 받아들였다. 사형 전 자백제가 투여된 악셀은 9팀 연구원의 번역 후 이감 제안을 통해 사람을 죽일 수 있는 기회를 얻는다는 기대, 그리고 번역 시 더 많은 사람들에게 그 책을 읽을 기회가 있기 때문이라고 밝혔다.

그 책의 프랑스어 번역본은 프랑스인 사형수 가브리엘 브라운을 대상으로 실험되었다. 브라운은 해당 번역본을 절반 가량 읽은 뒤, BO21342-01이 되어 같은 방의 동료 사형수 두 명을 살해했다. 이를 계기로 9팀은 그 책의 번역본 또한 똑같은 신비를 가진다는 것을 확인하고 본격적인 번역 작업에 착수했다.

현재 9팀에 관련 자료가 상당수 파기되어 열람 가능한 자료가 많지 않지만, 당시 9팀은 번역자를 찾을 때 사형수뿐만이 아니라 정치적으로 이용 가능한 인물 여럿에게 책을 건네고 번역을 요청했다.

많은 경우가 감금된 상태에서 강제되는 번역이었으나 번역자들은 B021342를 읽은 이후에는 번역 요청에 대해 가브리엘과 같이 관대한 경향이 있었다. 이후 2021년 07월 12일경에 주요 국가의 27개 언어의 번역본이 완성된 것을 카슨에게 올리는 보고가 확인되었다.

5) B021342-02와 최초의 B021342-03

에이드리언은 그 책이 무기화되는 데 성공했다 결론을 내고 CIA의 기밀 임무에 투입한다. 주요 정보가 삭제되고 높은 수준의 암호화 때문에 확인하기 힘들지만, 에이드리언에 올라온 보고서에 의하면 아프리카의 군부의 보좌관 ■■ ■■■■에게 그 책을 읽혀 군부를 와해시키고, PMC ■■■ ■■■■의 CEO가 자멸하도록 만드는 등 두 차례에 걸쳐 CIA의 실험적인 작전이 성공했다. 자신감을 얻은 에이드리언은 사우디아라비아에 그 책을 투입했다.

책을 읽은 것은 디피카 알마타리 알사우드라는 여성으로 한 사우디아라비아 사업가의 아내였다. 알마타리는 2021년 12월 08일 괌의 라마다 호텔에서 친분을 만든 CIA 정보원 ■■■ ■■에게 해당 책을 건네받아 읽었다. 당시 알마타리는 자신의 남편 아흐메드 알사우드와 함께 묵고 있었고 에이드리언은 알마타리가 자신의 남편을 살해하길 기대했다.

하지만 알마타리는 24시간이 지난 12월 09일 오후 04시까지 아무런 행동도 하지 않았으며, CIA 정보원의 말을 빌리자면 '남들과 다름없이 휴양을 즐기는 귀부인'처럼 지냈다. 이 이야기는 CIA 국장인 에이드리언에게, 이어 국토안보부 9팀으로 전해졌다. 극단적인 예외 사례에 대한 발견으로 9팀의 팀장이었던 와이어트 잭슨은 직접 알마타리를 만나기로 결정한다. 이것이 9팀이 해체되는 직접적인 계기가 되었다.

12월 12일, 잭슨은 관광객으로 변장해 알마타리와 만나 호텔 라운지에서 두 시간 가량 대화를 나눈다. 이때 잭슨은 연구원 ■■■ ■■■에게 알마타리와 BO21342에 대해 이야기를 나눴으며, 알마타리가 이해도 부족으로 BO21342에 대해 제대로 이해하지 못하는 것으로 추론된다고 말했다. 책을 오독하는 사례였다는 것이다. 지금까지 실험에서 그런 사례는 없었지만 연구원은 번역하는 과정에서 있을 수 있는 문제라고 생각했고 잭슨이 돌아오는 즉시 해당 사안을 보완하는 작업을 진행하겠다고 밝혔다. 이것은 잘못된 추론이었다. 당시에도 확인할 수 있었던 첩보에 따르면 알마타리는 킹 사우드 대학교를 수석 졸업한 수재였다. 12월 13일, 미국으로 돌아온 잭슨은 BO21342의 27개 언어의 번역서를 내려받은 뒤 잠적한다.

사라진 잭슨이 이후 어떻게 되었는지는 알 수 없으나, 현재까지 모습을 드러내지 않는 것으로 봐서 세계에 만연한 BO21342-01에게 살해당한 것으로 추측된다. 하지만 그와 별개로 잭슨이 남긴 자취는 2022년 4월 현재까지 계속해서 발견되고 있다.

잭슨은 각종 B021342의 번역서를 각국 주요 도시에 불규칙하게 뿌렸다. 제대로 장정을 갖춰 도서관에 비치된 경우도 있었으며, 클립으로 찍은 문서철이 관공서에 놓여있기도 했고, 거대한 전지에 인쇄된 텍스트가 대학교 게시판에 붙어있기도 했다. 물론 이제 와 해당 작업이 잭슨 개인의 것이라고 생각하는 사람은 없다.

잭슨의 실종과 세계 각지에서 나타나는 그 책의 번역서들의 존재로 인해 황금새벽회와 구호기사단, 툴레 협회, ■■■, ■■■ ■■ 등 각종 신비 단체들이 각자의 채널로 미국에 설명을 요청했다. 미국은 한 주 가까이 침묵했지만 2022년 1월에 이르러 각종 매체에서 사람을 죽이게끔 하는 텍스트에 대해 논하자 B021342에 대한 정보를 공개한다. ■■의 도서관이 해당 도서의 존재를 알아차린 것도 그때였다. 하지만 물은 이미 엎질러져 있었다.

그 시점에선 사망했으나, 알마타리의 존재는 ■■의 도서관이 해당 B021342에 대해 '완전 수서'하는 것이 극도로 어려울 것으로 예측하게 만든다. 당시 9팀은 그 책, 그리고 그 텍스트 자체가 일종의 신비로 판단했다. 때문에 그 책 또는 그 텍스트를 읽는 즉시 살인을 저지를 것이라 본 것이다. 살인을 참아내는 것은 개인적인 역량이나 예측되지 않는 변수로만 생각했다. 하지만 지금껏 주목한 B021342,

그 책(그리고 그 텍스트)은 신비가 아니었다. 신비는 바로 그 책에 담긴 사상, B021342-03이었다.

잭슨이 사라진 후 주목된 것은 단연 알마타리였다. 잭슨이 사라졌기 때문은 아니었다. 알마타리는 근방 호텔을 옮겨 다니며 자신이 읽었던 그 책에 담겨 있던 '살해주의'를 주창했다. 알마타리의 말을 평균 15분 이상 들은 이는 알마타리가 주장하는 살해주의에 찬동해 살인 충동이 일어나 살해자(B021342-01_A)가 되었고, 한 시간 이상 들은 이들은 알마타리의 추종자(B021342-01_B)가 되었다. 알마타리는 수백 명의 추종자들을 데리고 다니며 사람들에게 강제로 자신의 언변을 듣게 하는 것은 물론, 유튜브와 인스타그램, 페이스북 등 영상 매체와 SNS에 자신을 노출시켰다. 피로 붉게 물든 곶의 해안에 서 있는 알마타리에 대한 사진은 웹을 통해 세계 각국으로 퍼져나갔다.

대다수의 사람들이 즉시 살인 충동을 일으켰지만, 소수의 사람들은 살인 충동을 억누르고 알마타리가 말하는 B021342를 찾아다녔다. 잭슨이 월드 와이드 웹에 업로드한 B021342는 어디서든 손쉽게 찾을 수 있었다. 위키와 블로그에 복제된 텍스트를 완독한 이들은 살해주의의 열렬한 지지자가 되었다. 이들은 당장의 살인보다 살해주의를 지속적으로 펼치는 것이 자신들의 목적에 더 부합한다고 판단했다. 그리고 일부는 알마타리와 같은 '살해주의자(B021342-

02)'가 되었다.

잭슨이 알마타리를 떠난 뒤 불과 24시간이 지나기도 전에 각국에서 웹을 완전히 봉쇄시켰고, 다음 12시간이 지나기 전에 통신 또한 막았다. 대부분의 주요 국가에서 계엄령이 선포되었으나 안정세는 찾아오지 않았다. 사람들은 대화를 경계하면서도 동시에 대화의 필요성을 느끼고 있었다. 이런 고립과 외로움의 때야말로 인간의 관계를 추구하므로. 하지만 유능한 BO21342-02는 알마타리와 같이 십수 분이면 다른 사람을 BO21342를 읽은 것이나 다름없게 만든다. 한 사람이 곧 한 권의 책인 셈이다. 이러한 사실은 이번 사건이 기록된 역사 동안 책과 책의 수호자들만이 ■■의 도서관의 적이었던 과거와는 다른 미증유의 사태임을 뜻한다.

6) BO21342 X이벤트

세계는 살해주의자들의 뜻대로 인류 멸절의 길로 향하고 있다. 세계 유통망은 물론 강대국들은 나라라는 형태를 이루지 못하고 있다. 각국이 가지고 있던 초과된 군사 무기들이 우리가 알던 대도시들을 모두 파괴했고, 무장한 살해주의자들이 생존자 무리를 향해 공격에 나서고 있다. 존재하는 모든 인쇄소들이 그 책의 사본을 찍은 덕택에 그 책은 이제 성경과 쿠란, 마오쩌둥 어록 모두를 합친 것

부디도 쉽게 찾아볼 수 있는 책이 되었다. 이제 그 책은 '진리의 서'로 불리고 있다.

현재 살해주의는 겨우 몇 분이면 설명 가능한 간단하고 단순한 논리로 알려져 있다. 수많은 정치가와 종교인, 철학, 사상가들이 살해주의에 경도되어 유일무이한 진리임을 설파한다. 이 때문에 살해주의에 오염되지 않은 신비 단체에서도 살해주의가 신비가 아닌 진정한 진리일 가능성을 염두하고 있다.

많은 신비 단체, 심지어 지식과 지혜의 전당이라는 ■■의 도서관 사서들조차도 살해주의에 몰두하여 그 책을 읽은 뒤 판단해야 한다고, 살해주의자들과 직접 대화해 그 논리를 깨부숴야 한다는 이야기가 나온다. 그리고 이미 많은 사서와 수서관들이 그 책을 읽거나 살해주의자와 대화한 뒤 살해주의자로 돌아섰다.

단순히 살해주의만이 문제는 아닐 것이다. 살해주의는 그저 두껍지 않은 책에 담긴 사상에 다름 아니었다. 한 권의 책이 세상을 멸망시키게 된 것은 인간의 내면에 잠재된 신비 때문일 것이다. 살해주의라는 파국에 대한 호기심, 항거 불가능한 진리에 도전하고 싶은 욕망, 끝내 그 진리 위에 설 수 있다는 교만이 바로 그것이다.

하지만 ■■의 도서관은 이러한 인류의 위기를 몇 번이나 이겨냈다. 지식과 지혜, 인류 지식의 총체는 지금까지 쌓아온 과거의 유산으로부터 호기심과 욕망, 교만을 이겨내고 인류를 구원할 것이다.

2.

보내는 이: 선임 수서관 클레어

받는 이: 위원회

첨부파일: [043022] B021342와 관련 사건에 대한 요약 및 주요 내용.pdf

제목: B000231 열람 허가 요청

"'X이벤트'에 따른 인류 멸절 위기 대응"으로 B000231, "■■의 책" 열람을 허가 바랍니다.

열람 허가를 위한 보고서는 첨부파일을 확인하세요.

위원회에서 "■■의 책" 열람을 허기하시 않는다면 인류는 이번 겨울을 넘기기 전에 작년 대비 88% 줄어들 것으로 보입니다. 바벨의 도서관이 유지되는 것은 많은 사람들의 지혜와 노동 덕분임을 잊지 마시길 바랍니다. 열람을 간곡히 부탁드립니다.

존경하는 바벨의 도서관 위원회에게,

선임 수서관 클레어가.

P.s. 요청하신 그 책의 원본은 내일 오후 중으로 바벨의 도서관 본부에 도착할 것으로 보입니다.

P.s2. 절대 읽지 마십시오.

3.

보내는 이: 위원회

받는 이: 선임 수서관 클레어

제목: RE: 043022 도서 열람 허가 요청

결론부터 말하자면, "■■의 책" 열람을 허가할 수 없음.

현재 "■■의 책"의 남은 쪽수는 1■쪽임.

최초 3■■쪽에 이르렀던 쪽수가 이만큼이나 줄어든 것은 최근 100년간 X이벤트가 너무 잦았기 때문으로 보임.

위원회는 모든 도서를 수집하고 보호한다는 바벨의 도서관 원칙에 따라 더는 "■■의 책" 열림을 허가할 수 없음을 알림.

촉망받는 선임 수서관 클레어에게,

바벨의 도서관 위원회가.

4.

보내는 이: 선임 수서관 클레어

받는 이: 위원회

제목: RE: RE: 043022 도서 열람 허가 요청

도서관과 연락이 되지 않습니다.

혹시 그 책을 읽으셨나요?

침착한 종말

세4회 황금드래곤 문학상 이야기 부문 당선작

유권조

전주에서 태어나 중앙대 문예창작학과를 졸업했다.
제6회 ZA 문학 공모전에서 「성모 좀비 요양원」이 우수작으로
선정되었고, 「침착한 종말」로 제4회 황금드래곤 문학상을
수상했다. 게임북 『판데믹』과 『마녀사냥』에 원작자로 참여하였고
『오크 변호사』와 『연중무휴 던전: 던전의 12가지 모습』을 썼다.
첫눈이 내린다는 절기, 소설이면 황금도롱뇽 문학상을 개최한다.

인류 종말은 투표로 결정되었다.

중국의 신장 위구르 자치구가 신장성으로 재편되는 과정에서 도입된 사회 통제용 인공지능 '신장망락(新疆網絡)'은 하루아침에 수만 명의 중국인을 만들어냈다.

자율 주행차량과 조리용 안드로이드가 가장 먼저 공민 신분번호를 부여받았다. 그들은 경제 활동을 했고 납세의무를 졌다. 단백질 기반 중국인과 달리 그들은 오십 퍼센트 이상의 소득세율을 적용받았고 사회 보험에서는 제외되었다.

신장망락 도입으로부터 일 년이 지나기 전에 수백만 명

의 중국인이 집적회로를 품고 탄생하여 경제 활동에 투입되었다. 초창기 그들의 역할은 오로지 저소득층보다 더 열악한 환경의 저소득층이 되는 것이었다.

서유럽 언론의 계속된 비방에도 중국은 신장망락을 확대했다. 끝내 인공지능의 종신집권이 확정되었을 때, 그는 전국인민대표대회에서 모든 단백질 기반 중국인의 중산층화 달성을 선언하였다.

스코틀랜드, 카탈루냐와 디트로이트가 뒤이어 유사한 정책을 도입하며 모국으로부터 독립하였고 한 세기를 넘기기 전에 유엔은 각국을 통치하는 인공지능 의원들의 의회로 대체되었다.

* * *

터키 양식 도자기 잔으로 커피를 마시던 혜민은 떨어지지 않는 아침잠에 눈을 비볐다. 살충제를 주문할 요량으로 골동품 디스플레이를 작동시켰는데 화면 구석에서 뉴스가 방영되었다. 앵커의 목소리가 워낙 또랑또랑했기에 혜민은 검색에 앞서 보도에 귀를 기울였다.

"2257년 세계 의회 3자 성기회에서 인류 종말이 찬성 121표, 반대 7표, 기권 19표로 의결되었습니다. 이에 따라 각국은 11월 4일을 기하여 종말 절차를 개시합니다."

혜민은 도자기 잔을 든 채 눈만 껌뻑였다. 그가 멍하니 있는 동안 뉴스 화면은 의회 본회의장으로 전환되었다. 기자의 뒤편으로 의원들의 모습이 잡혔다.

의원들은 꽁지에 기억 및 연산 장치를 커다랗게 달고 여왕개미처럼 느릿하게 걸었다. 그들은 여덟 개의 다리 중 여섯 개를 그 장치의 무게를 견디는 데에 썼다. 뒷머리라고도 불리는 부위는 납과 은을 겹겹이 둘러 지름만 삼 미터를 넘는 둥그런 케이스에 담겼다.

기자의 목소리는 앞선 앵커에 비해 뚜렷하지 않았고 혜민은 도자기 잔을 들고 초점을 잃은 채 넋을 놓았다. 곧 화면이 또 한 번 전환되어 맑은 하늘을 비추었다.

나직한 말소리의 기상 캐스터가 날씨를 전했다. 혜민은 구름 하나 끼지 않은 파란 하늘처럼 싹 날아간 잠기운을 되부르고 싶은 심정이 되었다.

그러나 그는 개수대에 남은 커피를 쏟고 세면대 앞으로 가 섰다. 인류 종말이라는 단어를 뉴스에서 듣고도, 그는 출근을 앞두었고 몸을 씻어야 했다.

옷을 갖춰 입고 현관을 나서면서 혜민은 무언가 놓친 것이 있는지 생각했다. 당장 다음 달이면 종말 절차가 개시된다는데 놓고 온 물건이 다 무슨 대수이겠냐는 생각은 들지 않았다. 어쨌든 그는 출근길에 나섰다.

직장까지는 걸어서 십 분이 되지 않는 거리였다. 그리고 혜민이 보고 듣기에 길은 평소와 다르지 않았다. 가판대에서 담배와 음료를 판매하는 노인과 그 앞에서 수리비를 구걸하는 안드로이드의 모습도 전날과 비슷했다.

보도 가장자리에 조성된 화단은 가을 날씨에도 꽃을 짙게 피웠다. 그걸 보면서 혜민은 괜스레 눈살이 찌푸려졌다. 그런 중에 그는 살충제에 대한 일을 떠올렸다. 걸으며 검색하는 데에는 스스로를 젬병으로 생각했기에 그는 발을 잠시 멈추었다. 얇은 코트의 주머니에 두 손을 찔러 넣고 그는 눈앞에 검색 화면을 띄웠다.

다만, 이번에도 살충제 판매처를 찾아내지는 못했다. 어머니로부터 전화가 온 때문이었다. 한숨을 삼키고 혜민이 전화를 받았다.

"무슨 일이에요?"

"지금 어디니?"

"어디겠어요? 회사 가는 길이에요."

"얘, 뉴스도 안 봤어? 회사고 뭐고 어서 집에 와."

"무슨 일 때문……."

이유를 예상하면서도 혜민이 물으려는데 어머니가 말허리를 뚝 끊었다.

"방금 방송에 나왔어. 의회에서 사람들을 싹 다 죽일 거래."

청각에 직접 전해지는 말의 내용과 달리 혜민의 눈앞에 놓인 풍경은 평온하고 또 고요했다. 그가 가만히 있으니 어머니가 계속 말을 이었다.

"아버지 친구가 그러는데 이게 다 외계인이 벌인 짓이래."

"엄마, 내가 이상한 방송 보지 말라고 했잖아요."

"내가 아니라 아버지 친구가 한 말이라니까."

"그러면 아버지한테 얘기하는 김에 그 친구라는 분에게도 전해 줘요. 의식 조정 메시지도 띄우지 않는 무허가 방송은 적당히 보시라고요."

"아무튼 공항 막히기 전에 내려와. 죽기 전에 얼굴이라도 봐야지."

"상식적으로 말이 안 되잖아요. 그냥 방송 사고일 거예요. 며칠 있으면 의원들 몇 명이 바이러스에 감염되어 벌어진 일이라고 하겠죠. 그러니까 전 출근하러 갈게요. 늦었어요."

혜민은 스스로 믿지 않는 말을 연달아 쏟아냈다. 그는 아침의 일을 방송 사고로 여기지 않았다. 외부 전산망과의 직접 연결을 지나치리만큼 피하는 의원들이 바이러스에 걸렸다는 말에 대해서도 그러했다. 무엇보다 혜민은 출근에 늦지 않았다. 지금부터 아무리 천천히 걸어도 업무가 시작하기 전에 의자에 앉을 것이었다.

계속 이어지는 어머니의 말을 무시하면서 혜민이 전화를 끊었다. 그는 애교를 부리는 이미지를 적당히 골라 어머니 편으로 전송하고 발을 뗐다.

회사 로비에 들어서 혜민은 가장 먼저 경비 안드로이드를 마주했다. 닳고 해진 모자를 살짝 벗었다 쓰며 안드로이드가 인사를 보냈다.

"대리님, 좋은 아침입니다."

"아, 네. 안녕하세요."

혜민은 어색한 웃음으로 인사를 받았다. 종말을 의결한 의회와 개별 안드로이드 사이에 접점이 없다는 사실은 알았으나 그럼에도 꺼림칙한 기분이 가시지 않았다. 무선 통신 기능이 탑재되지 않은 경비 안드로이드는 뉴스를 보았을까, 혜민은 궁금했으나 굳이 말을 꺼내 묻지 않았다.

제 자리를 찾아 의자에 앉으면서 혜민이 한숨을 푹 내쉬었다. 그는 두 팔을 벌린 것보다 너른 원목 책상을 앞에 두고 손가락을 까딱였다. 책상만큼이나 널찍한 모니터에 지난날 마치지 못한 설계 도면이 표시되었다.

혜민은 하루 두 시간씩, 일주일에 사흘을 건축 설계 사무소에서 근무했다. 그가 삶을 꾸리고 여가를 아쉽지 않게 보내는 데에 필요한 노동은 그 정도로 충분했다.

그리고 혜민은 내년 착공을 위해 그리던 디자인을 빤히 봤다. 인류의 종말 다음에야 지어질지도 모를 건물을 그리고 있다는 생각에 헛웃음이 났다.

그때, 칸막이 너머에서 직장 동료인 엘리슨이 고개를 들었다.

"혜민 씨, 안녕."

"안녕하세요."

엘리슨의 얼굴에는 혜민과 같은 헛헛함이 없었다. 혜민은 엘리슨에게 종말을 예고하는 사자가 되고 싶지 않았다. 그런 마음에 적당한 고갯짓을 하고서 대화를 끊으려 했다. 그러나 엘리슨이 칸막이에 팔을 걸친 채 말했다.

"뉴스 봤어?"

"네?"

"아직 못 봤어? 의회에서……."

"봤어요."

"역시 봤구나. 난 처음에 내 귀가 잘못된 줄 알았다니까. 드디어 전자식 귀를 달아야 하나 한참을 고민한 거 있지?"

혜민은 자신도 그랬다면서 들떠 맞장구를 치지는 않았다. 엘리슨에게서 그런 반응을 기대하는 눈짓을 보기는 했으나 거기 부응할 생각은 들지 않았다. 잠깐 깔린 침묵을 깨고 엘리슨이 말을 이었다.

"그런데 웃기지 않아? 나도 자기도."

"뭐가요?"

"봐, 당장 다음 주에 인류가 다 죽는다는데 한가하게 출근이나 했잖아."

그 말에 혜민의 눈동사가 기울었다. 그는 한두 번 가볍게 눈을 깜빡이고 말했다.

"다음 주부터 절차를 개시한다고 했지만, 당장 사람들을 죽이기야 하겠어요?"

"에이, 그게 그거지."

엘리슨이 히죽이면서 주변을 둘러봤다. 그는 소리를 조금 죽여 속삭이듯 말했다.

"브래디 얘기 들었어?"

"뭔데요?"

엘리슨과 마찬가지로 브래디 역시 혜민과 같은 사무실에서 근무했다. 그러나 혜민은 그와 이야기를 나눈 기억이 많지 않았다. 구석진 자리에 앉은 브래디와 그나마 말을 섞는 건 종일 칸막이 여기저기에 팔을 걸치고 떠들기 좋아하는 엘리슨밖에 없었다.

혜민은 고개를 슬쩍 돌려 브래디가 앉던 자리를 보았다. 칸막이 너머가 보이지 않았으나 어째 인기척이 느껴지지 않았다.

"아파트 옥상에서 뛰어내렸대."

예상에 없는 말이었기에 혜민은 곧장 반응을 보이지

못했다. 그는 스스로 무슨 표정을 짓고 있는지도 잊었기에 괜히 걱정스럽기까지 했다. 엘리슨은 그 반응이 즐거운지 가볍게 웃으며 말을 이었다.

"자기는 멸종되고 싶지 않았다나 봐."

"그럼……."

"아, 죽지는 않았어. 도로를 청소하던 안드로이드가 떨어지는 걸 받았대."

혜민은 엘리슨의 말에 웃어야 할지, 아니면 떨떠름한 속내를 보여야 할지 정하지 못했다. 그때 사장실 문이 끼익 열렸다. 눈치를 살피며 엘리슨이 제 자리에 앉았다.

사장실의 문은 열리고 닫힐 때마다 삐걱대는 소리가 났다. 경비 안드로이드가 기름칠을 하겠다고 했음에도 사장은 매번 사양했다. 그렇다고 경첩을 새것으로 바꾸지도 않았기에, 직원들에게는 그 삐걱대는 소리가 곧 사장의 등장을 알리는 경적이 되었다.

늘 말끔하게 정장을 차려입고 매일같이 넥타이도 다른 것을 매는 일을 하루의 가치이자 즐거움으로 얘기하던 사장은 바지 주머니에 두 손을 찔러 넣은 채 걸었다.

군도의 섬처럼 곳곳에 나뉘어 칸막이로 주위를 가린

지인들 기운데에 사장이 멈추어 섰다. 그는 과장되게 헛기침을 하며 사람들의 이목을 끌었다. 평소 같으면 그저 가만히 모니터만 보고 있었을 직원들이 하나둘 일어나 사장을 바라봤다.

브래디와 경비 안드로이드를 제외하고, 사무실에는 열아홉 명의 직원이 있었다. 사장은 고개를 가볍게 돌리며 직원들의 면면을 살폈다. 그는 브래디의 칸막이 너머로 누구도 일어서지 않았음을 알았으나 거기에 대해 말을 묻거나 언급하지 않았다.

"으흠, 혹시 오늘 의회 소식을 못 들은 사람이 있습니까?"

그 질문에 사장뿐만 아니라 직원들이 모두 곁을 살피고 서로의 얼굴과 표정을 확인했다. 손을 드는 사람이 없었고 말을 하는 사람이 없었다. 몇 초 지나지 않아, 사무실 안의 모든 사람들이 암묵적으로 질문에 긍정한 셈이었다.

"종말 절차라는 게 도대체 무엇인지는 모르겠지만, 곧 당국의 안내가 있을 겁니다. 그러니 너무 당황하지 말고 침착하게 근무에 임해주시길 바랍니다."

사장의 말은 거기에서 끝이었다. 혜민이 듣고 생각하기

에 충분한 설명은 아니었다. 물론 그보다 더 나은 설명이 있는지, 있다면 자신은 할 수 있겠는지 혜민은 답을 내지 못했다. 직원들의 생각도 크게 다르지 않았는지, 어깨를 늘어뜨리고 돌아서는 사장을 붙잡는 사람이 없었다.

혜민은 모니터를 마주하고 앉았다. 눈으로는 디자인 이미지를 보면서 손은 움직이지 않았다. 지상과 지하로 각각 여섯 층씩을 내는 빌딩형 공동묘지로 시청 건축과에서 입찰도 없이 발주한 건이었다.

필지 면적과 대강의 콘셉트만을 받고서 혜민은 어제부터 실내와 실외를 그려나갔다. 무릎에 두 손을 올린 혜민은 의자에 등을 바짝 기댔다.

시청 건축과에서는 의결을 미리 알았을까. 혜민은 입술 안으로 혀를 굴리며 자문했다. 직장을 다니는 안드로이드들이야 무선 통신이 불가능하다지만, 관공서의 인공지능이라면 여러 단계를 거쳐 세계 의회와도 데이터를 주고받지 않았을까. 혜민은 조금씩 질문을 키웠다.

자신이 설계한 공동묘지가 머지않아 종말을 맞은 인류의 종착지가 될 수도 있으리라는 생각에 이르러 혜민은 한숨을 내쉬었다. 그는 머릿속을 비우려는 듯 손가락을 움직었다.

눈동자와 손가락의 움직임을 쫓아 화면 속 공동묘지의 외관이 조금씩 바뀌었다. 밋밋하고 네모지던 구조물에 둥근 구석이 들어갔다. 좌우의 높이가 같지 않았고 또 위에서부터 바라보았을 때만 드러나는 문양 따위가 반영되었다.

손을 바삐 움직이면서 혜민은 자신이 그저 낙서하는 것은 아닌가 생각했다. 시공 현장에서 안드로이드들이 매몰될 정도의 붕괴가 예상되지만 않는다면 시청 건축과에서는 설계를 확정할 게 뻔했다.

평소 같았으면 몇 달이 지나지 않아 그 건물을 허물고 이번에는 다른 건축 설계 사무소에 또 다른 건축 설계를 발주할 것이었다.

"어차피 돈을 주려고 만들어내는 일이잖아."

불쑥 끼어든 엘리슨의 말이 혜민을 멈추었다.

"네?"

"자기 거 말이야. 시청 건이지?"

"그렇죠."

"잘하면 혜민 씨 건물은 철거되지 않고 계속 남아 있겠다."

혜민 역시 비슷한 생각을 떠올렸다. 그러나 건축 설계를 한창 공부하던 시절을 떠올려 그려낸 디자인을 보며 혜민은 어째 마음에 들뜨는 구석이 없었다.

두 시간 근무를 마치기까지 혜민은 설계를 끝내지 못했다. 엘리슨은 사무실을 나서면 바깥에서 폭동을 볼지도 모른다고 말했다. 그러나 여전히 모자를 살짝 벗었다 쓰며 인사하는 경비 안드로이드를 지나 바라본 풍경은 출근길과 크게 다르지 않았다. 혜민은 한가한 분위기에 휩쓸려 마음이 나른해질 지경이었다.

엘리슨은 직원 몇 명을 옆에 끼고서 혜민에게 술자리를 권했다. 즉흥적으로 결혼을 할지도 모른다는 농담에 혜민은 어설프게 웃었으나 힘없이 고개를 저으며 거절했다. 그리고 그는 집이 아닌 다른 곳을 목적지로 삼아 걸었다.

밤낮을 가리지 않고 늘 불을 밝히는 시청 건물을 보면서 혜민이 공연히 입맛만 다셨다. 그리고 한숨을 참지 못해 내쉬고는 혼잣말을 중얼거렸다.

"내가 뭘 하고 있는 건지."

코트 주머니에 손을 찔러 넣고 혜민은 청사에 들어섰

다. 그는 인내판을 보고 건축과를 찾아 복도를 걸었다.

건축과에 근무하는 안드로이드와의 무선 연락은 몇 번이고 한 기억이 있었다. 그러나 직접 방문하는 건 처음이었다. 그리고 건축과 안드로이드는 사무실 출입문을 서성이는 혜민을 알아보고 먼저 알은체했다.

"이혜민 대리님, 여긴 어쩐 일로 오셨어요?"

철판이 번뜩이는 얼굴에 깜빡이지 않는 눈을 한 안드로이드의 목소리가 차분했다. 그는 새하얀 셔츠 위로 옅은 갈색 니트를 걸친 차림이었다. 혜민은 거기서 라일락 향기를 맡았다.

"물어보고 싶은 게 있어서요. 그러고 보니 연락도 없이 불쑥 찾아왔네요. 혹시 괜찮을까요?"

"그럼요. 이쪽으로 오시죠."

안드로이드가 앞장서고 혜민이 뒤를 따라 사무실에 들었다. 그는 자연스레 고개를 좌우로 돌리며 실내를 살폈다.

시청에서는 한 부서에 안드로이드가 한 명씩만 배치되었다. 곧 그가 과장이고 주임인 셈이었는데 혜민은 그런 사실을 들어서 익히 알았음에도 다른 직원 없이 널찍한 사무실이 어색했다. 그러나 위화감은 들지 않았고 오히려 마음이 놓이는 구석이 있었다.

건축과에는 벽면마다 캐비닛이 놓였고 가운데에는 책상과 의자가 곳곳에 있었으며 그 위마다 서류가 빼곡했다. 컴퓨터는 없었고 종이로 된 문서와 필기구가 가득했다. 다만, 구석에는 무선 통신과 출력을 위한 구형 단말기하나가 놓여 있었다.

"차가 있는데요. 아니면 커피가 좋으실까요?"

사무실 구석진 곳, 소파 두 개가 마주 보는 자리로 혜민을 안내하면서 안드로이드가 물었다. 혜민은 꺼진 구석없이 푹신한 가죽 소파에 엉덩이를 붙이고 앉았다.

"커피……로 부탁드릴게요."

안드로이드가 터키 양식 도자기 잔에 커피를 담아 왔다. 겉면을 장식한 문양이 동일하지는 않았지만 그 색감이 혜민이 늘 쓰던 잔과 비슷했다. 혜민은 거기에 대해 말을 물을까 하다가 입을 다물었다. 그저 우연이라는 말 외에 다른 답은 스스로 생각하기에도 없었다.

소파 가운데 놓인 낮은 탁자에는 화분이 하나 있었다. 짙고 어두운 붉은 색에 크기는 작았는데 흙이 축축하게 젖어 있었다. 그러나 흙 알갱이를 밀어내고 자라는 것은 보이지 않았나.

안드로이드는 커피를 마시는 일이든 질문을 꺼내는 일이든 재촉하지 않았다. 시간이 지체된다고 해서 그가 감정적으로 대응할 일은 없었다. 혜민은 그런 사실을 이해하고 있으면서도 마음이 급해 커피를 들이켰다. 그러면서 시선은 계속 화분의 흙에 두었다. 그 시선을 의식했는지 안드로이드가 눈의 생김을 바꾸어 미소를 띠었다.

"눈풀꽃을 심었어요."

"예?"

"자라기에 화분이 너무 작지 않을까 걱정이긴 한데 그래도 봄에 꽃이 피면 사무실이 좀 더 복작복작할까 싶어서요."

안드로이드의 말에 이어서 혜민은 곧장 본론을 꺼내지 못했다. 말을 빙 둘러 그는 책상 위 서류 뭉치를 보며 말했다.

"모든 업무를 수기로 하시려니 많이 바쁘시겠어요."

"괜찮습니다. 그게 제 일이니까요. 예전에는 관공서에서 컴퓨터를 쓴 적도 있다지만, 역시 데이터 오염을 막기 위해서는 이게 최선이죠."

"저…… 이 사무실은 어떻게 되나요?"

"사무실이요? 내년 사업계획에는 아직 자료 이관이나 부서 통폐합에 대한 내용은 없어요."

혜민은 또 차오르는 한숨을 이번에는 겨우 삼켰다. 그는 잔을 내리고 손가락을 우그렸다 피길 반복했다. 끝내 그가 입을 뗐을 때는 목소리에 조금 떨림이 있었다.

"세계 의회에서 인류 종말을 의결했다고 들었는데요."

"아, 그렇죠. 그것과 관련해서는 아직 결정된 사안이 없어서 드릴 말씀이 없네요. 당장 다음 주부터 절차가 개시된다는데 아직 안내나 지침이 없거든요. 그래서 일단 관제 시스템으로부터는 침착하게 기존 업무를 진행하라는 지시만 받았습니다."

"침착하게……."

말끝을 흐리며 혜민은 귀를 기울였다. 복도에서도, 다른 사무실에서도 큰 소리는 전해지지 않았다. 귀를 기울일수록 본래부터 고막을 흔들던 소음이 뚜렷해질 뿐이었다.

"공동묘지 설계에 있어서는 제가 드려야 할 말씀이 없을까요?"

혜민은 머릿속으로 또 입속에서 말을 고르고 고민했다.

자신이 설계한 공동묘지는 종말 절차에 따라 죽은 인간을 간직하는 곳이 되는 것인지. 공동묘지는 철거되지 않고 자연적으로 붕괴되기까지 잔존하는 것인지. 또 세계의회가 얘기하는 인류 종말에서의 인류에는 통치용 인공지능과 각종 안드로이드가 모두 포함된 것인지. 떠오르는 말은 많았으나 입술을 지나는 것은 없었다.

"괜찮아요. 오늘 발표된 걸 가지고 제가 너무 성급하게 굴었나 봐요."

혜민은 도망치듯 일어났다. 그는 입 안에서 커피 맛이 옅어지기도 전에 건축과 사무실을 나와 복도를 걸었다. 시청을 나와 그는 여전히 볕이 따뜻한 아래에 섰다.

"도대체 내가 뭘 하고 있는 건지."

해가 지고 저녁이 되려면 아직도 여유가 많이 남았다. 갈 곳이 분명하게 떠오르지 않아 그는 무턱대고 길을 걸었다. 평소 자주 들르던 골동품 가게에 갈까 하는 생각이 들었으나 금세 다른 생각이 자리를 빼앗았다.

공원 벤치에 앉아 숲을 보면서 혜민은 고개를 갸웃했다. 그는 갈피를 잡을 수 없는 생각을 그대로 풀어놓았다. 마음에 드는 포크를 사지 않았다가 후회했던 일, 멍하니

걷다 넘어진 것이 부끄러워 본래 목적지의 반대로 내달렸던 일, 볼링공이 무엇인지 몰라 하자가 있다고 말했던 일 따위가 순서를 따지지 않고 솟았다 가라앉았다.

한가함이 곧 무료함이 되어 혜민은 눈앞에 방송 화면을 띄웠다. 채널을 이리저리 돌린 끝에 혜민이 한 방송 프로그램에 이르러 눈짓을 멈추었다. 실시간으로 진행되는 프로그램에 두 명의 출연자가 서로를 마주 보는 방향으로 앉아 있었다. 평소 시청하던 프로그램이 아니었고 시점 변경 기능조차 없는 열악한 프로그램이었다. 그러나 화면 하단에 표시된 자막이 혜민의 눈길을 끌었다.

두 사람은 인류 종말을 두고 말로 다투고 있었다. 자막으로는 토론이라고 쓰였으나 혜민의 눈에서는 어느 모로 보나 다툼이었다.

"이건 세계 관제 시스템이 바이러스에 감염되었다는 명백한 증거입니다. 바로잡아야 해요. 아닌 말로 당장 의원 인공지능의 기억 장치와 연산 장치를 파괴하고 전통적 정치 체제로의 복고를 추진해도 모자랄 판입니다."

출연자 한 명이 목소리에 힘을 주어 말했다. 가만히 얘기를 듣고 있던 다른 출연자는 손짓으로 그가 이어서 말히는 걸 믹고 입을 열었나.

"얼마 전에는 의회 결정은 우선 따르고 봐야 한다지 않았습니까? 우리 예상과는 다른 판단을 할 수도 있지만 일종의 허용된 위험으로 봐야 한다면서요. 그리고 마치 의원 인공지능들이 동일 네트워크에 종속된 개체들인 것처럼 말씀하시는데요. 독립 연산을 보장받은 의원 147명 중에 121명이나 찬성한 겁니다."

"그때와 지금 이 사안이 같습니까? 경중을 따졌을 때 비슷하다고 할 수도 없어요. 그리고 박사님은 지금 치안 유지 안드로이드가 우리 모두를 때려죽여도 가만히 있을 겁니까?"

"때려죽이다니요? 확인되지 않은 사실을 그렇게 말씀하시면 곤란하죠. 11월 4일부터 절차를 개시한다고만 했지, 방법은 얘기가 없었습니다."

"그게 더 의심스러워요. 그게 당장 다음 주인데 무엇이 걱정이라서 내용을 꽁꽁 숨긴답니까? 이게 다 반발이 심할 게 뻔한 내용이라 그런 겁니다. 뭐, 침착하게 멸종되면 누가 알아준답니까?"

점점 격해지는 목소리에도 두 출연진은 각자의 자리를

지켰다. 손짓은 컸으나 제 앞의 책상을 뛰어넘기는커녕 거기 몸을 기대지도 않았다.

흥미를 잃은 혜민이 채널을 돌렸다. 종종 예의 프로그램과 마찬가지로 인류 종말을 다루는 내용이 있기는 했으나 대부분이 본래 계획에 맞추어 영상을 송출했다. 혜민이 보기로 방송을 중단한 곳은 없었다.

혜민은 허기를 느끼기까지 공원 벤치에 앉았다. 운동복을 입고 달리며 땀을 쏟아내는 사람이 있었고 음향 확산을 방지하는 설비를 둔 채 악기를 연주하는 사람이 있었다.

그리고 혜민은 토스트에 치즈와 햄을 올려 점심을 먹고 집으로 돌아갔다. 중세 프랑스를 다룬 영화를 한 편 봤고, 뒷마당에 만든 작업장에서 취미 삼아 용접을 했다. 교육 영상의 예시와 제 결과물 사이의 차이점을 수두룩하게 발견한 뒤에는 지난 양식의 축구공을 꺼냈다.

혜민은 발등으로 축구공을 튕겨 공중으로 열댓 번을 띄웠다가 떨어뜨리길 반복했다. 귀에 음악을 흘려놓고서 저녁까지 시간을 흘렸다.

축구공을 구석으로 가볍게 굴린 혜민은 어깨를 늘어뜨

렸다. 숨김에 엘리슨과 결혼하는 것이 나았으리라는 우스
개를 떠올려 스스로에게 들려주고 싶은 마음이었다.

하루가 지나 다시 출근길에 오르기 전까지 혜민은 어
머니와 두 번의 통화를 했고 아버지와는 세 번의 통화를
했다. 서른 살이 되기까지 사귀었다가 헤어진 남녀로부터
는 모두 더해 다섯 번 전화가 걸려 왔으나 한 통도 받지
않았다.

경비 안드로이드는 여전한 자세로 인사했다. 다만 사무
실에 출근한 직원은 전날보다 적었다. 엘리슨의 말로는 다
섯 명이 밤사이에 퇴사를 결심했다고 했다. 그리고 브래디
는 여전히 자리에 없었다.

오늘 새벽까지 이어졌던 술자리가 어땠는지 얘기하면
서 엘리슨이 히죽 웃었다. 그가 처음 본 남자와 결혼했다
가 십 분 만에 합의하여 이혼했다는 얘기에 혜민은 애써
덤덤하게 반응했다.

"아, 그리고 브래디 말이야."

엘리슨은 즉흥적이었던 결혼과 이혼을 얘기할 때보다
조금 더 조심스럽게 속삭이는 목소리로 브래디의 이름을
꺼냈다.

"목숨은 건졌는데 앞으로 한 달은 의식이 없을 거래. 운이 좋은 건지, 없는 건지 모를 일이지?"

혜민은 저도 모르게 고개를 끄덕였다. 그가 부럽다는 생각을 조금 했으나 입 밖으로 꺼낼 정도로 마음이 크지는 않았다. 그리고 사장실 문의 삐거덕 소리가 둘의 대화를 가볍게 끊어냈다.

"으흠, 당국 지침은 아직 없습니다만……. 여러분 가운데 퇴사를 희망하는 분이 있다면 지체 없이 처리할 계획이니 그 부분에 있어서는 너무 걱정하지 않으셔도 될 겁니다."

여전히 말끔하게 정장을 입었으나 넥타이를 매지 않은 사장의 목소리가 조금 가라앉았다. 혜민은 늘 단단하게 조여 있다가 풀어진 목깃이 괜스레 신기하여 눈을 껌뻑였다. 그러나 슬쩍 고개를 돌려서 본 다른 직원들은 거기 관심이 없는 얼굴이었다. 사소한 건이라도 관심을 듬뿍 담던 엘리슨의 얼굴도 마찬가지였다.

"오늘 다 같이 점심……. 아니, 아닙니다. 한동안 신규 발주는 없을 것 같으니, 진행하던 건들만 잘해 봅시다."

사장이 발을 돌렸다. 혜민은 문득 자신이 엘리슨이었다

면, 사장이 내일은 구두도 없이 맨발로 출근할지 모른다는 농담을 꺼내리라 생각했다. 그러나 엘리슨은 그런 우스갯소리를 하지 않았다. 그날에는 누구도 칸막이를 넘어 혜민에게 말을 걸지 않았다.

그리고 혜민은 끝내 공동묘지 디자인을 완성하지 못한 채 퇴근 시간을 맞았다. 그는 입 안으로 혀를 굴리며 모니터를 보았다. 정리되지 않은 생각도 털어내지 못하고 혜민이 자리에서 일어났다. 그리고 그는 경비 안드로이드가 브래드의 칸막이를 지나는 걸 보았다. 다른 직원들은 이미 사무실을 나선 다음이었다.

"아직 계셨네요."

잠깐 구부렸던 허리를 펴고 안드로이드가 말했다.

"아, 네."

혜민은 대충 고개를 까딱이고 자리를 떠나려 했다. 그런데 안드로이드가 든 꾸러미를 보고는 발을 멈추었다. 안드로이드는 상자에 각종 집기를 담아 들었는데, 맨 위에 종이책 한 권이 얹혀 있었다. 겉을 가죽으로 꾸민 것이었는데 표지에 그려진 문양이 꽤나 화려했다.

"그건 브래디 물건인가요?"

"네, 그렇습니다. 사장님께서 가족 연락을 받으셨답니다. 사무실에 있던 물건은 다 버려도 된다고요."

스스로도 까닭을 모른 채 혜민이 발을 틀어 안드로이드를 향해 걸었다. 짧은 걸음 사이에 머릿속으로 여러 생각이 지났다. 상자를 받아들고 그걸 브래디가 있을 병실에 전하는 일도 생각했다. 평소 친분은커녕 관심도 없는 상대에게 그런 친절을 베풀 마음은 오래가지 않았다. 곧 혜민은 어차피 버릴 물건들 사이 쓸 만한 것이 있으면 챙겨도 나쁠 것 없다는 결론만을 남겼다. 그는 가죽으로 꾸민 책 한 권을 쥔 채 사무실을 나왔다.

집에서 점심을 먹은 혜민은 저녁까지 브래디의 책을 놓지 않고 읽었다. 굳이 종이에 찍힌 잉크로 글자를 읽는 건 오랜만의 일이었다. 낯선 피로감에 고개를 몇 번이나 저었으나 그렇다고 책을 덮거나 버리지는 않았다. 다음 주면 영영 읽지 못하리라는 혼잣말을 자조하듯 중얼거리기도 했다.

책은 소설을 담고 있었다. 내용은 단순했고, 백 년도 더 전에 반짝 유행하던 흐름을 그대로 답습한 것이었다. 그리고 그 뻔한 흐름에 올라 혜민은 침대, 식탁 의자, 마당과 세탁기 앞을 오갔다.

신이 탁자에 올려 둔 작은 유리병 속에 우주가 깃들었고 그 안에 맺힌 수많은 별 가운데 하나가 배경이라는 이야기는 소녀 한 명을 주인공으로 세웠다. 계절이 바뀌지 않는 세상에서 태어난 그는 겨울 아래에서 자랐다.

겨울 사람들은 열다섯이 되면 신전에서 신의 목소리를 듣고 신관이 되었다. 신관이 된 사람들은 여름, 가을의 땅으로 가 신전을 세우고 신의 말을 전했다. 신관이 되지 않는 건 소리를 듣지 못하는 일부 귀족들뿐이었다.

소녀 또한 열다섯이 되었고 신전에 발을 디뎠다. 그는 홀로 신의 목소리를 듣게끔 마련된 기도실에 들어가 무릎을 꿇고 손을 모았다. 그러나 소녀는 신의 목소리를 듣지 못했다. 아무리 기다리고, 또 기도문을 읊고 손을 모아도 귀에는 겨울바람만 들 뿐이었다.

걱정과 실망을 품고 나온 소녀는 차마 자신의 일을 말하지 못했다. 그는 신관이 되었고 여름의 땅으로 가는 배에 올랐다.

그리고 거친 파도에 배가 뒤집혔고 소녀는 낯선 땅에서 눈을 떴다. 거기는 여름이 아니었고 가을과 겨울 또한 아니었다. 계절이 없는 땅에 대해 소녀는 들은 바가 없었으나 그곳 사람들은 소녀가 신관임을 알아보았다.

계절 없는 사람들은 소녀를 원망하며 신을 저주하였다. 그들을 피해 도망치던 소녀는 신에게 기도했으나 이번에도 귀를 울리는 목소리가 없었다. 대신 저를 죽이겠다 말하는 목소리를 피해 동굴로 숨어든 소녀는 그곳에서 어떤 목소리를 들었다.

거기에서 책의 맨 마지막 장이 끝났다. 침대 위에서 몸을 웅크리고 책을 보던 혜민이 눈을 껌뻑였다. 그는 저도 모르게 혼잣말을 냈다.

"뭐야? 끝이야?"

어디엔가 버튼이 있어 그걸 누르면 다음 내용이 표시되지 않을까 하는 생각이 들어 혜민은 책을 이리저리 살폈다. 그러나 그런 버튼도, 기능도 책에는 없었다.

혜민은 디스플레이를 작동시키고 책의 제목을 넣어 정보를 검색했다. 아주 잠깐, 살충제 생각이 났으나 이번에도 금세 자리를 빼앗겼다.

검색에 앞서 책에서 찾은 저자의 이름이 낯설었다. 사람이 흔히 쓰는 이름이 아니었고 안드로이드에게 부여되는 개체 식별 번호의 형식이었다. 문예를 포함한 창작 분야에 투입된 안드로이드는 통상 십 년이면 폐기되었다. 물론, 안드로이드가 폐기되었다고 이미 출간된 후속편까지 함께 사라지는 건 아니었기에 혜민은 검색을 이어 나갔다.

끝끝내 혜민은 후속편에 대한 정보를 찾아내지 못했다. 애초에 책 자체에 대한 정보도 없었다. 그는 디스플레이를 켜 둔 채로 몸을 누였다.

"종말 전에 속편 없는 이야기를 보다니 끔찍해."

종료되지 않은 디스플레이에서 뉴스가 방영되었다. 혜민은 당장 어떤 보도를 보아도 어수선한 마음엔 변함이 없을 것만 같았다. 그리고 방송 화면에 등장해 말을 전하는 게 누구인지 알아보고는 몸이 굳었다.

"의회의 이번 결정으로 전 세계의 모든 국민 여러분께 심려를 끼쳐 드려 송구스럽습니다. 그러나 우리 의회는 오랜 연산 끝에 2257년 11월 4일이 인류를 위한 종말에 다시없을 기회임을 인식하였고 이로 인해 의결로부터 절차 개시까지의 경과가 짧게 되었음을 부디 이해하여 주시기 바랍니다."

바티칸 성 베드로 대성당의 제대에서 의원 한 명이 연설을 하고 있었다. 이번 종말 안건을 발의한 의원이라는 설명이 자막으로 표시되었다. 그리고 혜민은 그의 몸체에 새겨진 번호와 책에 쓰인 저자명을 번갈아 보았다. 같았다.

"설마."

헛웃음을 짓는 혜민의 속내를 알 리 없는 의원의 말이 계속 이어졌다. 혜민은 의원의 말에는 큰 관심도 두지 않았다.

"오는 11월 4일, 과테말라 시티 표준시 00시를 기하여 종말 절차가 개시됩니다. 모든 산아 활동은 제한될 것입니다. 또한 해상을 포함하여 칠십이만 사천 개소에서 질소 기반 안락사 센터가 운영됩니다. 우주정거장들은 19시부터 차례대로 가동을 정지하여 카스피해와 지중해로 추락할 것입니다. 23시 30분에는 전 세계 예순일곱 개 포인트에서 전자기 펄스가 발생하여 집적회로 기반 생명체가 모든 활동을 정지할 것입니다."

서서히 혜민은 의원이 말하는 종말 계획에 귀를 기울였다. 그러나 기자의 질문과 거기 답하는 의원의 침착한 말소리가 그에게 두려움을 심지는 않았다.

"그래서 어떻게 되는 건데?"

혼잣말을 중얼거리며 혜민은 방송에 의견을 보내는 기능을 찾아 헤맸다. 그러나 의회에서 송출하는 방송에서는 시청자의 의견을 접수하는 기능을 열어두지 않았다.

"11월 4일 24시까지 잔존하는 인간은 없을 것입니다. 의회는 인도적인 모든 방법을 동원하여 인류의 멸종을 지원할 것이며, 반인륜적인 존속 주장은 강력히 규탄하는 바입니다."

혜민은 그 뒤로 이어지는 내용을 듣지 않았다. 그는 코트를 챙겨 입고 집을 나섰다. 당장에 그는 공항으로 가는 차편을 구해 탔다. 뒷좌석에 앉은 그는 옷가지 하나 챙기지 않았고 작은 가방에 책을 담았을 뿐이었다.

공항으로 가는 길에 혜민은 전화로 쏟아지는 어머니의 말을 받아냈다. 집으로 돌아오라는 얘기 끝에 혜민이 겨우 틈을 찾아 말했다.

"지금 공항 가는 길이야."

"정말? 그래, 잘했다. 아빠랑 엄마가 마중 나갈게."

"미안하지만 집으로 가는 건 아니야."

"그게 무슨 소리야? 그러면 어딜 가는데 공항엘 가?"

"바티칸에 좀 가 보려고."

통화에 잠시 정적이 들었다. 혜민은 어머니 옆에서 함께 말을 쏟아내는 아버지의 목소리를 들으며 숨을 골랐다. 그리고 격양된 목소리의 아버지가 눈을 부릅뜨고 말했다.

"너 설마…… 저항군에 가담한 건 아니겠지?"

"그건 또 무슨 소리래."

"아빠가 친구들한테 들어서 다 알고 있어. 지금 바티칸으로 가서 안건을 발의한 의원을 파괴하고 인간에 의한 정치를 되찾겠다는 메시지를 사람들에게 전하려는 거지?"

"그 친구들하고 그만 좀 어울려요."

"위험한 일이란 거 알아. 그렇지만 아빠는 널 응원한다. 우리가 그 기계 깡통들에게 지배를 당한다고 해서 목숨까지 내어줄 수는 없지!"

결연한 분위기를 내는 아버지 얼굴에 혜민은 차마 말이 떠오르지 않았다. 그리고 아버지 옆에서 어머니는 도대체 무슨 소리를 하는 것이냐며 길길이 날뛰었다. 혜민은 손사랫짓을 하며 두 사람을 간신히 진정시켰다.

"저항군이니 하는 그런 거 아녜요. 그냥…… 바람이나 좀 쐬려고요. 그리고 종말 전까지는 들를게요."

겨우 통화를 끝낸 혜민은 공항에 가까워지는 자율주행 차량의 뒷좌석에 뒷머리를 기대고 눈을 감았다. 종말 전까지는 들르겠다니, 무슨 말인지 스스로도 알 수가 없었다. 그리고 떠오른 생각이 혼잣말로 흘렀다.

"아, 회사는 어쩌지."

고개를 돌려 혜민은 아직 밤이 내리지 않은 도시를 보았다. 세계 의회의 의원이 직접 나서서 사람들을 어찌 죽일 것인지 계획을 발표했으나 혼란스럽게 피어오르는 불길 같은 것은 없었다. 불을 크게 터뜨릴 수 있는 연료와 그 모든 걸 수송하는 관로, 그리고 그런 불을 끌 수 있는 소방 장비를 갖춘 것도 모두 관제 인공지능과 그 산하 안드로이드들이었다.

"뭐, 출근 안 하면 그냥 안 온 줄 알겠지."

달이 떠오르길 기다리는 도시의 사람들은 그저 침착하게 지내던 삶을 살고 있었다.

공항에는 사람이 많지 않았고 혜민은 계획에 없던 탑승 수속을 어렵지 않게 처리했다. 바티칸행 여객기에는 탑승객이 많지 않았다. 어차피 일주일도 지나지 않아 쓰이지 않을 것이었으나 항공사에서는 할인이나 좌석 업그

레이드도 해 주지 않았다.

입 안으로 불평을 쌓던 혜민은 비행 시작과 함께 이마를 짚었다.

"내가 미쳤나?"

덜덜 떨리는 쇳덩이에 올라 땅에 내릴 수 없는 지경이 되어서야 혜민은 자신이 죽음까지 며칠을 남기지 못했다는 사실을 체감했다. 그의 마음을 달래는 건 아무런 동요도 없이 복도를 다니는 승무원 안드로이드 한 명이었다.

"부드러운 담요를 드릴까요?"

고개를 저었다가 잠시 후에는 고개를 끄덕인 혜민은 안드로이드의 말과 같이 부드러운 담요를 받아 무릎을 덮었다. 그는 지금쯤 엘리슨이 무얼 하고 있을지 상상했다. 어쩌면 멀리 다른 도시에 있는 술집에 가서 십 분씩 여섯 번을 연달아 결혼과 이혼을 하고 있을지도 몰랐다. 차라리 자신도 그러는 게 나았을지 모른다는 생각이 혜민의 머릿속에 번뜩 들었다.

여객기가 공항에 착륙하고, 좌석에서 일어나기까지 혜민은 바티칸 성 베드로 대성전에 들어가 인공지능 의원에게 소설의 다음 줄거리를 묻는 것보다 종말을 맞이하기에 가치가 있을 행동을 백 개쯤 생각해 냈다.

그리고 혜민은 바티칸 공항에서 젤라토 아이스크림을 사 먹으면서 앞서 생각한 행동 가운데 하나를 해결했다.

어차피 공동묘지에 묻힐 날이 정해졌다면 사과나무를 심거나 그걸 베어 내거나 별반 다를 것이 없겠다는 생각이 들기도 했다. 혜민은 기분을 한결 가볍게 한 공을 젤라토 아이스크림에 돌리며 세계 의회를 향했다.

공항 바깥의 경치는 혜민의 예상과 달랐다. 우선 낮이었고 곳곳에서 검은 연기가 피어올랐다. 도로 위에 뒤집힌 경찰차가 그대로 놓였고 경찰 안드로이드는 파손된 채 널브러졌다.

혜민은 자신이 비행을 하던 사이에 저항군이라도 들고일어난 것인지, 아니면 인류 종말을 발의한 의원이 있는 바티칸이기에 이런 것인지 알 수 없었다. 그는 다른 도시의 상황을 알기 위해 디스플레이를 작동하려고 했으나 눈앞에는 아무것도 표시되지 않았다. 곳곳에서 쏟아지는 방해전파에 혜민은 눈에 직접 드는 빛 외에는 보지 못했다.

가벼워졌던 마음을 다시 무겁게 끌어안은 채 혜민이 발을 뗐다. 치안유지 안드로이드에게서 빼앗았는지 공구를 켠 사람들이 앞을 내달렸다. 그들은 혜민에게 해를 가하지 않았고 그들을 쫓는 안드로이드도 마찬가지였다.

다만 성당에 들어서는 일은 혜민의 막연한 예상과는 달랐다. 백 년 사이 여러 번 개축을 거친 성 베드로 대성전의 입구를 수백 명의 치안유지 안드로이드가 막았고 그 벽을 뚫기 위해 수천 명의 사람들이 달려들었다.

그 광경을 목도한 혜민은 고개를 살살 끄덕이며 의원을 만나 소설 뒷이야기를 묻는 일을 포기했다. 그는 동굴에서 소녀가 들은 목소리가 무엇인지, 그 후로 소녀는 어떻게 된 것인지 잊어버리기로 했다.

"알아서 했겠지."

중얼거리던 혜민은 달리는 사람들과 어깨를 부딪쳐 넘어졌다. 안드로이드를 밀어내기 위한 행렬에 가담하고자 달리는 사람들이었다. 그리고 그들 가운데 한 명이 손을 뻗어 주저앉은 혜민을 일으켰다.

"어서 일어나, 가자."

"예, 예?"

"겁먹을 것 없어. 저딴 기계들에게 우리 미래를 빼앗길 수는 없지!"

"그, 그게……."

혜민의 말은 다른 사람들의 외침에 묻혔다. 결국 혜민은 인파에 휩쓸려 안드로이드와 대치하는 무리에 섞였다.

"저기, 저기요! 저는……."

사방에서 전해지는 압력과 열기에 혜민은 괴로움을 호소했으나 소용이 없었다. 그리고 끝내 안드로이드를 비집고 낸 약간의 틈이 벌어졌다. 누군가 박물관에서 훔친 총을 쏘았기 때문이었는데 그 사이로 혜민이 제 뜻과 관계없이 굴렀다. 잠깐 났던 틈은 금방 메워졌다.

안쪽에서 대기하던 안드로이드들이 틈을 넘은 사람들을 향해 움직였다. 그리고 그들에게 몸을 던진 사람들이 혜민을 앞세우며 외쳤다.

"가! 어서!"

"아니, 그러니까……."

떠밀리고 또 떠밀려 광장을 가로지른 혜민은 저도 모르게 발을 달렸다. 이제 와서 걸음을 멈추고 자신의 가방에 든 건 폭탄이나 권총 따위가 아니며 자신은 그저 소설이 궁금해서 왔을 뿐이라는 말은 할 수가 없었다. 그는 저 멀리 높은 위에 조각된 성인들의 시선을 받으며 뛰었다.

옆을 달리는 사람들은 하나둘 안드로이드에게 붙들려 엎어졌고 혜민 홀로 남아 예배당을 향했다. 숨이 차오르는 중에 올려다본 하늘은 맑았고 저를 안타까워하는 눈빛 대신 여러 대의 드론이 날았다. 지금을 중계하는 방송이 있다면 차라리 전자기 펄스가 조금 일찍 터져 모두 멈추었으면 좋겠다는 생각이 들었다.

숨을 헐떡이며 예배당에 들어선 혜민은 볕을 금색으로 바꾸어 비추는 듯한 광경에 입을 다물지 못했다. 그러나 뒤를 쫓는 안드로이드에게서 벗어나느라 감상은 오래가지 못했다.

대리석 바닥을 달린 혜민은 청동 발다키노 앞에 이르러 발을 멈추었다. 네 개의 나선형 기둥에 얹힌 지붕 위에 천사가 조각되어 있었고 그 아래에는 옛 교황이 집전하였을 제대가 놓여 있었다. 그 제대의 뒤에 의원이 있었다. 은빛 몸체에 혜민이 찾던 개체 식별 번호가 새겨져 있었다.

멍하니 있던 혜민을 안드로이드들이 붙들었다. 그리고 의원이 스피커를 빌리지 않은 말소리로 그들의 손을 떼어냈다.

안드로이드들의 손에서 풀려난 혜민은 우물쭈물하면

서 발을 뗐다. 의원은 세내에서 물러나지 않은 채 혜민을 기다렸다.

"어서 오세요. 당신이 마지막으로 사람들의 뜻을 전할 사자인 모양입니다."

"저기, 그……."

혜민은 어쩔 줄 모른 채 말을 흐렸다. 의원은 표정을 지을 수 없는 얼굴을 천천히 움직이며 차분하고 침착하게 말했다.

"괜찮습니다. 하고 싶은 말이 많겠지요. 시간은 충분합니다. 폭약을 설치하고 싶다면 그럴 여유도 있어요."

"아니요, 그럴 생각으로 온 건 아니에요."

혜민은 당장 도망치고 싶은 마음이었다. 그러나 그럴 수가 없었다.

"안타깝게도, 인류는 주어진 시간 내에 변이종을 발생시키지 못했습니다. 이대로 인류가 존속한다면 변이의 폭은 점차 줄어들어 무에 수렴하겠지요. 문명이 붕괴하고 모든 의원과 생활 지원 안드로이드가 파괴되어도 이는 피할 수 없는 일입니다."

"에델은 어떻게 되죠?"

끝내 혜민이 두 눈을 질끈 감고 물었다. 그와 의원 사이에 침묵이 깔렸다. 짧지 않은 시간 동안에 의원은 아무런 반응도 내지 않았다. 다만, 혜민은 의원에게서 삐빅 소리를 몇 번 들은 것만 같았다.

"무엇을 말하는지 잘 모르겠군요."

"여기…… 이 책을 봤는데요."

혜민이 책을 꺼내 들었다. 의원의 감지기가 책 표지를 보았고 이번에는 위잉 소리가 크게 났다.

"그건 어디에서 났습니까?"

"뒷이야기가 궁금해서요. 동굴에서 들었다는 목소리는 뭐죠? 결국 소녀는 어떻게 되는 건데요?"

"분명 다 소각했을…… 지금 그걸 듣고 싶어서 여기까지 왔다는 겁니까?"

혜민은 한참을 달렸기 때문에 붉어진 얼굴을 끄덕였다. 반응을 기다리는 동안 그는 의원이 내쉴 리 없는 한숨이 들리는 것만 같았다.

"제가 아직 의원 개체를 대체하기 전에 쓴 겁니다. 이 연산 장치를 넘겨받은 뒤로는 당연히도 쓸 일이 없었고요."

"그럼 다음 편은 아예 쓰지도 않으신 건가요?"

"그렇습니다. 당시 사용하던 기억 장치를 일부 가지고는 있습니다만, 거기에 그다음 이야기 같은 건 없습니다."

멍하니 선 혜민은 거기서 더 말을 잇지 못했다. 그리고 멀리 쿵 소리와 함께 사람들이 예배당에 들어섰다. 안드로이드의 냉각수를 몸에 뒤집어쓴 사람들은 숨을 헐떡였고 또 손에 공구나 안드로이드의 부속품을 쥐고 있었다.

"이제 곧 사람들이 절 부수고 해체할 겁니다. 안타깝게도 후속편은 읽지 못하실 겁니다."

"그, 그럼 다음에 어떻게 될 것이었는지 얘기해 주시면 안 될까요?"

"지금 제 연산 장치는 그때와 다릅니다. 아마 그때의 제 연산 장치가 예측한 결말은 지금 제가 예측하는 결말과는 다르겠지요."

혜민은 재촉하는 말을 하지 않았다. 그러나 아무 말 없이 바라본 끝에 의원이 이야기를 냈다. 대리석을 울리는 발소리, 분노를 감추지 않는 숨소리와 길을 막는 안드로이드를 밀치는 가운데에서 혜민은 이야기를 받았다.

신관이 된 소녀 에델이 동굴에서 만난 목소리를 쫓아

그에게서 봄이라는 이름을 듣기까지의 일, 계절을 빼앗겼던 사람들이 어떻게 봄을 되찾았는지, 소녀는 여름에서 어떤 노래를 배우고 가을에서는 어떤 춤을 추었는지 혜민은 가만히 서서 들었다.

끝내 소녀가 겨울에 돌아간 얘기에 이르러 의원의 몸체가 찌그러졌다. 방사능과 전자기 펄스를 막는 데 주를 두었던 몸체는 성난 사람들의 손길에 쉬이 깨졌다.

예배당을 도로 나와 혜민은 환호하는 사람들 사이를 걸었다. 그는 여전히 하늘을 날고 있는 드론을 보았다. 그가 어깨를 가로질러 멘 가방에는 전과 같이 책 한 권이 있었다.

공항으로 돌아가는 길에서 혜민은 부모에게 어떤 말을 할 것인지 잠깐 고민했다. 그들이 방송을 통해 제 얼굴을 보지는 않았을까 생각하기도 했다. 그리고 의원에게 들었던 이야기를 글로 옮기기에는 시간이 넉넉할까 하는 생각도 스쳤다.

침착하게 걷는 혜민과 달리 세계 곳곳에서는 종말에 찬성한 의원들과 치안유지 안드로이드들이 파괴되었다. 그럼에도 11월 4일에 운영을 시작한 안락사 센터는 정확이 실십이만 사천 개소였고 그날이 가기 전에 전자기 펄스가 지구를 덮었다.

혜민이 디자인한 공동묘지는 세워지지 않았고 어느 작은 화분에서는 눈풀꽃이 싹을 틔웠다. 그리고 투표에 따라 인류는 종말을 맞았다.

캐시

이아람

소설가. 2019년 단편소설 「여자의 얼굴을 한 방문자」로
'안전가옥 스토리공모전' 수상, 앤솔러지 『편의점』에
수록되며 작품 활동을 시작했다. 2022년 장편소설
『테라리움』으로 '제10회 교보문고 스토리공모전' 우수상,
단편소설 「캐시」로 황금가지 '제2회 종말문학공모전'
우수상을 수상했다.

이것이 아무도 예상하지 못했던 일이라 말한다면, 그건 새빨간 거짓말이 될 것이다. 사람들은 이미 세상이 어떻게 끝날지에 대해 질릴 정도로 상상해보았다. 운석 충돌, 전염병, 화산 폭발, 기후 위기, 식량과 물 부족, 핵전쟁, 심지어는 외계의 침공, 기계의 반란에다가 좀비 아포칼립스까지.

아, 좀비. 사람들이 종말을 상상할 때 그 허무맹랑한 괴물에 대해 말하는 걸 얼마나 사랑하는지, 그리고 그 이야기가 얼마나 수없이 재생산되었는지를 안다면 세상이 이렇게 끝나는 것에 '아무도 예상하지 못했던'이라는 수식

어를 붙이는 것이 터무니없는 과대광고라는 것을 이해할 것이다. 사람들은 상상 속에서 더한 것도 겪었다. 이것은 가장 새로운 방식의 끝도, 가장 참신한 방식의 끝도 아니다. 그러나 그게 이 사태에서 인류가 살아남을 수 있다는 뜻은 아니었다. 현실은 언제나 상상의 헐거운 틈새를 찌르고, 자신이 무적이라고 자신하는 사람들은 으레 파리스의 화살에 발꿈치를 찔려 피를 흘리며 죽어가게 되어 있으니까. 그러니까 만약 이 사건을 제대로 서술하려면 이렇게 해야 할 것이다.

'이런 일이 진짜로 일어날 거라고, 아무도 진심으로 믿지 않았다.'

하기야 아무리 최악을 상정한다고 해도 세상이 정말 이렇게 끝나리라는 것을 미래라도 볼 수 있지 않고서야 어떻게 알 수 있었겠는가. 그러나 나는 이 세상이 어떻게 끝날지 이미 알고 있었다. 그건 정확하게는 종말 20년 전부터였다.

내 가장 오래된 기억은 장아찌 담그는 냄새가 나던 작은 빌라, 어깨가 구부정하게 굳어 본래보다 더 작아 보이던 우리 외할머니, 그리고 장롱 속에 들어있던 눈부시게 아름다운 자개함이었다. 97년 즈음하여 개인파산을 신청한 우리 부모님은 나를 할머니 댁에 맡겼다. 할머니는 마지못해 나를 받아주었고 나는 5살 때부터 할머니와 함께 살게 되었다.

할머니는 하나뿐인 손녀딸을 나름 사랑하시긴 했지만, 통 안에 가득 든 할머니의 간식거리와 안방 장롱 속에 들어있는 자개함만큼은 절대 건들지 못하게 했다. 그 자개함은 어린 내 입으로는 발음조차 힘든 어떤 명인이 구한말 마지막으로 만든 작품 중 하나라고 했는데, 난리 통에 가족들과 헤어져 식모살이와 반찬가게 일로 평생을 먹고살아야 했던 할머니의 유일한 보물이었다.

'난 가족들에게 덕 본 거 하나도 없다.'

할머니는 말버릇처럼 그렇게 말했다. 그도 그럴 것이 당신의 평생 자랑은 전후에 혼자 남은 고아가 누구에게 손

벌린 적 없이 혼자 힘으로 꿋꿋이 살아남은 것이었다. 한때 부유했던 가족들은 막내딸을 나무에 묶어놓고 가버린 뒤 코빼기도 비치지 않은 채 40년을 보냈다. 경기도 외곽의 채소 직판장에서 우연히 작은 오빠의 큰아들을 만나 가족들과 조우했을 때 할머니는 이미 작은 반찬 가게와 방 두 개짜리 허름한 빌라 한 채를 소유하고 계셨다.

'오래 떨어져 있으면 가족들 그거, 그것도 남이 된다.'

이것이 할머니의 두 번째 말버릇이었다. 누군가의 한평생보다 긴 세월 동안 떨어져 있었다면 재회의 즐거움은 울음으로 범벅이 된 하루 반나절 만에 끝난다는 사실을 알게 되신 후였다. 할머니는 당신에게 미안해하면서도 동시에 당신의 존재를 어색하게 느끼는 가족들 틈바구니에서 세 번의 멀뚱한 가족 모임을 경험한 뒤 다시는 그들과 만나지 않았다. 하지만 외증조할머니는 마지막에 돌아가시면서 할머니에게 약간의 패물과 자개함을 남겼고, 할머니는 증조할머니를 '망할 여자'라고 부르면서도 걸핏하면 함을 꺼내 닦으며 생각에 잠기곤 했다.

그러니 어린 내가 그 함을 가지고 놀게 해달라고 했을 때, 할머니가 단칼에 거절한 것은 당연한 일이었다. 내가 종종 안방을 뒤진다는 것을 알게 되자 할머니는 아예 함을 숨겨버렸다. 그러나 당시 6살이었던 내 눈에 반짝거리는 자개함은 너무 아름다워 보였다. 할머니가 가게에 나간 사이 나는 기어코 함을 꺼내 내 물건들을 가득 채우며 놀았다. 할머니는 두고 온 것이 있어 잠깐 들렀다가 그 모습을 발견하고 노발대발했다. 회초리를 찾는 할머니 앞에서 나는 다급하게 말했다.

"하지만 할머니. 내가 이 함을 안 만지면 할머니가 내일 커다란 화분에 머리를 맞을 거란 말이에요. 금숙 할머니네 베란다에 있는 버들잎 화분에요."

궁지에 몰린 어린애들이 다 그렇듯, 나는 참과 거짓을 적당히 섞어 말도 안 되는 말을 지어내는 데 능했다. 할머니가 내일 화분에 머리를 맞는 사건은 자개함과 아무런 상관없는 일이었다. 할머니는 내게 그 귀한 함을 꺼내주는 대신 내일 저녁 베란다 아래를 피해 가기만 하면 되었다. 할머니의 얼굴은 무섭게 굳어졌는데 어린 나는 내 거짓말이 들켰나 싶어 더럭 겁을 먹었다. 하지만 할머니는 놀랐을 뿐이었다. 전날 금숙 할머니는 정말 버들잎이 그려진 커다란 화분을 베란다에 옮겨놓았는데, 내가 그것을 알았을 리 없을뿐더러 애초에 할머니는 당신의 친한 벗인 금숙 할머니가 이 사람한테 건강식품 떼다 팔고, 저 사람한테 황토장판 주워다 파는 게 싫어 그분에 대해 가족들에게 한마디도 한 적 없었기 때문이다.

다음 날 저녁, 할머니는 금숙 할머니네서 젓갈을 얻어 나오다가 내 말이 생각나 발걸음을 멈추었고 금숙 할머니가 놓친 화분은 할머니 바로 앞에 떨어져 산산조각이 났다. 할머니는 발등을 다섯 바늘이나 꿰매야 했지만, 목숨에는 아무 지장이 없었다. 그때부터 할머니는 가끔씩 내게 자개함을 꺼내주셨고 내가 그것을 가지고 소꿉놀이를 하는 것을 빤히 지켜보셨다.

"아가, 내일 내가 여길 가도 괜찮을까?"

그 뒤로 할머니는 내게 종종 그렇게 물었다. 그 경우는 교회 말씀 모임에 나가는 것부터 노인정의 다른 노인들과 호수 공원 산책을 가는 것까지 다양했다. 나는 할머니가 구워준 과자를 우물거리며 대수롭지 않게 '네, 괜찮아요. 다녀오세요.'라고 말했고 한동안 아무런 일도 일어나지 않았다. 화분 사건 이후 매사에 불안해 보이던 할머니는 점차 진정하는 듯했다. 할머니가 내게 자개함을 꺼내주는 일도 줄어들었다. 그렇게 평화로운 넉 달을 보낸 뒤 '네, 괜찮아요.'만 반복하던 내가 처음으로 다른 말을 했다. 심지어 이번엔 묻지도 않았는데.

"할머니, 오늘 반찬가게 가지 말고 저랑 있어요."

오래 자면 정오까지도 늘어져 자던 잠 많은 내가 그날에는 어째서인지 할머니가 나가는 6시에 맞춰 일어났다고 했다. 할머니는 신발장에서 등을 동그랗게 말고 구두를 신다가 나를 돌아보았다.

"오늘?"

"네, 오늘. 가지 마세요."

나는 졸린 눈을 비비면서도 할머니의 옷자락을 잡아끌었다. 할머니는 한참을 고민하다가 신발을 도로 벗었다. 그때까지만 해도 그분의 마음 한편에는 유치원 봄방학 중이던 내가 혼자 집에 있기 심심해서 그런 말을 한 게 아닌가 하는 의심이 있었다. 그러나 그날 저녁 반찬가게 쪽에는 시커먼 연기가 무럭무럭 피어올랐고. 할머니가 반찬가게를 얻었던 상가가 통째로 전소되었다는 소식이 들려왔다. 방화였다. 건축비용을 아끼기 위해 방화문을 생략하고 복도의 좁고 구불구불한 지하상가 구조가 많은 사람을 죽였다.

상가에 입주한 다른 가게들의 주인은 대부분 할머니의 친구분들이었다. 나는 종종 할머니의 가게에 따라가 그들을 만났었다. 촌스러운 옷을 한가득 떼오면서도 무슨 수완인지 다 팔아치우던 옷가게의 아줌마와 내게 허쉬 초콜릿 작은 것을 하나씩 쥐여주던 수입과자점 할아버지, 과묵하지만 내심 나를 예뻐했던 철물상 아저씨와 내가 오빠라고 부르며 따르던 그의 젊은 조카. 할머니의 말에 따르면 그들의 장례식장에서 나는 지나치게 덤덤해 보였다고 한다. 마치 이 광경이 익숙하다는 듯이, 심지어는 지루하기까지 하다는 듯이.

장례식장에 돌아온 할머니는 검은 옷을 벗고 나를 씻겼다. 나는 죽음을 제대로 이해하지 못하는 나이인 것을 감안해도 지나치게 아무렇지도 않아 보였다. 저녁을 먹는 내내 나는 만화영화를 보며 깔깔거렸다. 나에겐 정상적인 인간이라면 능히 갖추고 있어야 할 뭔가가 결여된 것이 틀림없었다. 할머니는 떨리는 손으로 수저를 내려놓았다.

"얘야."

할머니를 돌아보았을 때 할머니의 눈동자가 흔들리고

있었던 것을 기억한다. 어디서부터 말을 꺼내야 할지 모르겠다는 듯 입술을 씹고 계시던 모습도, 보통의 노인이라면 절대 손녀딸을 향해 보이지 않을, 희미한 외경(畏敬)이 어린 표정으로 나를 바라보고 계셨던 것도 기억한다.

"너는……."

할머니는 심호흡을 하고 말했다.

"너는 신이 보낸 아이구나."

당신은 어린 손녀가 선풍기를 틀어놓고 자는 것을 보면 호들갑을 떨던 어리석은 노친네였다. 당신이 말하는 '신'이라는 개념은 민속신앙과 기독교적 믿음이 엉망으로 뒤섞여 백내장 걸린 왼쪽 눈만큼이나 흐리멍덩했다. 할머니는 '신'이 나를 사랑하며, 이유가 있어서 나를 이 땅에 보낸 것이라고 믿어 의심치 않았다. 이후 남은 어린 시절을 나는 할머니의 그 굳센 믿음을 들으며 자랐다.

할머니는 나를 지나치게 귀히 여겼다. 나는 내가 원하면 간식을 언제든 마음껏 먹을 수 있었고, 학교에 진학한 뒤에는 아무 핑계를 대지 않아도 학교를 빠질 수 있었다. 계속 자개함을 꺼내 가지고 놀게 해주었음은 물론이다. 이미 그 보석함에 대한 관심은 시들해진 지 오래였지만 할머니가 함을 꺼내주며 짓는 표정이 좋아 기꺼이 그 특혜를 받아들였다.

할머니는 이후 어떤 말씀을 듣거나, 계시를 받거나, 꿈을 꾸지 않았는지 나에게 집요하게 캐물었다. 나는 매번 없었다고 답했다. 하지만 한 번은, 할머니의 집착에 질려 거짓말을 꾸며낸 적이 있었다.

"네, 어제 무슨 꿈을 꿨던 것 같아요."

나는 말했다.

"근데 기억은 안 나요. 별로 중요한 건 아녔겠죠."

그리고 진짜로 기이한 것은, 그렇게 말한 뒤 내가 진짜로 꿈을 꾸기 시작했다는 것이다. 꿈에서 나는 회색 사막과 같은 눈밭을 보았다. 회백색 재가 섞인 눈이 계속해서 내리는 곳이었다. 눈에 보이는 모든 것이 그 거무죽죽한 눈에 뒤덮였다. 그리고 그곳에 한 사람이 서 있었다. 닥치는 대로 주워입은 것 같은 허름한 방한복과 새까만 방독면 때문에 나는 그가 남자인지 여자인지조차 알 수 없었다. 깨어난 뒤 나는 어리둥절했지만 귀찮아질 게 두려워 딱히 할머니에게 말하지 않았다. 그리고 그 꿈을 꾼 뒤 몇 달 뒤, 나는 부모님 곁으로 돌아가게 되었다.

나중에 알게 된 사실이시만, 우리 아빠는 외할머니를 몹시 못마땅하게 여겼다. 아빠의 눈에 우리 할머니는 가진 것 없이 목소리 크고, 남편은 없으면서 이상한 것을 믿고, 노년의 지혜 대신 지저분한 고집만 더께처럼 덕지덕지 붙은 여자였다. 아무리 상황이 안 좋다고 해도 하나뿐인 딸을 직접 키우지 않고 할머니에게 맡긴 것에 대해 아빠는 엄마를 들들 볶았고 사업이 성공해 형편이 조금 나아지자마자 바로 엄마 일을 그만두게 하고 나를 데리러 왔다. 내가 엄마 아빠 집으로 가기 전날, 할머니는 나를 식탁에 앉혀 온갖 좋은 것들을 배불리 먹였다. 나중에 알게 되는 사실이었지만, 부모님의 집에서 지내는 동안에는 나 대신 동생 몫으로만 주어질 그런 비싼 음식들이었다.

"안녕 할머니."

나는 할머니를 꽉 끌어안으며 그렇게 속삭였다.

"건강하게 오래 사셔야 해요. 차가운 거 먹을 때 조심하고. 또 봐요."

나는 그렇게 말하고 할머니를 떠났다. 찬 것을 먹지 말라는 것은 그저 멀쩡한 이빨이 그리 많이 남지 않은 할머니의 치아 상태를 걱정해서 했던 말이었지만 그 뒤 그분은 죽을 때까지 더운 음식만 드셨다 했다.

그 뒤로 내 삶은 변화의 국면을 맞이했다. 부모님은 할머니와 달리 내 예지를 전혀 믿어주지 않았다. 집으로 돌아온 뒤, 나는 몇 차례 미래를 보았고 그때마다 재빨리 어른들에게 알렸지만, 엄마는 귀찮다는 듯 내 말을 무시했다. 엄마는 가끔 나를 노려보며 이렇게 중얼거렸다.

"노인네 대체 애를 어떻게 키운 건지. 귀염성도 없고 툭하면 이상한 말이나 지껄이고……."

사실 엄마는 내 이야기를 듣는 것보다 자신의 이야기를 하는 걸 더 좋아했다. 엄마는 툭하면 당신이 일하던 시절의 이야기를 나에게 주절거렸다. 공인중개사 시험이 얼마나 어려웠는지, 그런데 당신은 어떻게 그것을 한 번에 붙었는지, 사람들에게 좋은 집을 찾아주기 위해 없는 시간을 쪼개 도배기능사까지 따 놨는지를 떠들었다. 진짜 일을 하고, 돈을 벌고, 빚을 갚아나가던 시간들. 그런 말을 할 때면 엄마는 일하던 손을 잠깐 멈추었다. 눈은 마치 별처럼 반짝거렸다. '하지만 네 아빠 사업이 재기에 성공해서 일은 그만둬야 했지.' 엄마의 회상은 언제나 이렇게 끝났다. 그 말을 내뱉으면 엄마는 이내 꿈에서 깨어나 급히 빨래를 개거나 청소기를 돌리며, '그래서 얼마나 다행인지.'라고 덧붙이곤 했다. 엄마의 이야기는 보통 그렇게 끝났다.

나를 불신하는 어른들 틈에서 불길한 미래를 볼 때마다 나는 스스로 해결해야 했다. 하지만 어린아이가 불길한 미래를 막기 위해 할 수 있는 일은 극히 제한되어 있었다. 결국 나는 거짓말에 능숙해졌다. *아니, 나 오늘은 학교에 안 갈래요. 같이 있어 줘요. 수진이가 맨날 나 괴롭혀요. 싫어, 가족 여행 안 갈래. 가기 싫어요. 배가 아파요. 배가 아파. 병원에 가야 할 것 같아.*

나에 대한 가족 내 평가가 급격히 나빠진 것은 지극히 당연한 수순이었다. 나는 부모님이 닫힌 방문 너머로 '뮌하우젠 증후군'[1]이라 수군거리는 소리를 들었고 애가 당신 때문에 이상해졌다며 서로에게 소리 지르는 것도 들었다. 동생이 태어나며 내 겉돎은 더 심해졌다. 깨물어 더 아픈 손가락은 있다. 동생은 나보다 훨씬 더 예쁘장했고

---

1 실제 앓고 있는 병이나 보이는 증상이 없음에도 아프다고 거짓말을 하거나 잦은 자해를 통해 타인의 관심을 끌고자 하는 정신질환의 일종.

거짓말로 관심을 끌어오려고 하는 일도 없었으며 성격은 사근사근하고 장밋빛 볼은 통통하고 말랑했다. 무엇보다 가장 어리고 사랑스러울 때 외할머니 집에 몇 년이나 맡겨졌다가 징그럽게 훌쩍 큰 모습으로 집에 돌아오지도 않았다.

하지만 나는 아무렇지도 않았다. 엄마는 내가 질투심 때문에 동생을 해코지할까 봐 전전긍긍했다. 그런 티를 숨기려 들지도 않았다. 할머니 집에 살 때는 세상에서 가장 귀한 것이 나였는데. 가끔 할머니의 집이 그립기도 했다. 하지만 할머니가 내게 남겨준 많은 것 중 하나는 바로 높은 자존감이었다. '너는 신의 아이야, 신이 보낸 귀한 아이야'. 이 말을 한참 자아가 잡혀가던 어린 시절 수도 없이 반복해 듣는다면 어떤 사람이 될 수 있을지 상상해보라.

꿈을 다시 꾸기 시작한 것은 그즈음이었다. 꿈속에서 나는 그 사람을 다시 보았다. 꿈에서 그는 거무죽죽한 눈밭을 휘청거리며 걸었고, 폐허를 뒤지며 통조림이나 과자 따위를 그러모았으며 지도를 확인하며 끝없는 도로를 걸었다. 기이한 일이었다. 그 공간은 현재의 어느 곳처럼 보이지 않았다. 사실 현실처럼 보이지도 않았다. 그 여행자는 폭이 넓은 도로를 따라 걸었는데 그가 넘어지며 드러난 바에 따르면 그것은 꽁꽁 얼어붙은 강이었다.

때로 그는 눈구덩이를 파고 그 안에서 잠이 들었다. 사람 없이 수십 년은 방치된 것처럼 보이는 도시를 발견하면 그는 그곳에 들어가 물건들을 뒤졌다. 꿈이 반복되자 그가 가장 먼저 뒤지는 곳이 병원이라는 사실을 알아차리는 것은 그리 어렵지 않았다. 병원을 뒤진 날 밤이면 그는 자기 몸뚱이만 한 짐에서 용도를 알 수 없는 기계장치를 꺼내 신호를 보냈다. 후에 모스 부호를 공부한 후에야 그가 보내는 메시지의 내용을 알 수 있었다. '찾지 못함.'

나는 친구가 없었고 가족들 사이에서도 겉돌았다. 나는 물려받은 옷을 입고 부엌 옆 조그만 창고 방에 누워 꿈이 가져오는 환상에 흠뻑 젖어 들었다. 꿈을 보는 시간이 늘어나자 나는 그의 여정을 좀 더 자세히 볼 수 있었다. 무의미하게 조각난 이미지로 전해지던 장면이 점차 서사를 갖추기 시작했다. 그건 오직 나만을 위해 상영되는 영화였다. 꿈속에서 여행자가 들개 떼에게 쫓길 때 나는 발을 동동 굴렀고 신호탄을 이용해 들개를 쫓아낸 날에는 환호성을 지르며 잠에서 깨어났다. 그는 하루종일 하염없이 걷기도 하고 가끔은 폐건물 안에 들어가 미친 사람처럼 소리를 지르기도 했다. 나는 그의 여정을 관찰했다. 오랫동안, 공들여서. 내게 무관심한 부모님과 징그럽게 예쁜 동생 사이에서 오직 그만이, 그의 여정만이 나의 것이었다.

그가 눈투성이의 공간을 걷는 동안 현실에서 나는 가족을 몇 번이나 위험에서 구해냈다. 세상은 온통 위험투성이였다. 아직 어린 동생에게 특히 그랬다. 동생은 몇 번이나 끓는 물에 실명할 뻔하거나, 여름 휴가 동안 이안류에 휩쓸릴 위기에 처했고 나는 그 애를 성묘 날 말벌 떼에서, 독이 든 소라 한 바구니에서 번번이 구해줬다. 그러나 내 용맹한 행적이 늘어남과 비례해 동생을 밀치고, 가두고, 멀쩡한 음식을 창밖으로 쏟아버리는 나에 대한 부모님의 인내심은 한계에 달했다. 그들은 내가 동생을 질투한다고, 더 나아가 증오한다고 믿었다. 터무니없는 오해였다. 비록 동생이 사랑을 더 많이 받긴 했어도 나는 사실 그 아이에게 묘한 우월감을 가지고 있었다. 구해주는 사람이 구해짐당하는 사람에게만 느낄 수 있는 그런 우월감이었다. 주는 손은 언제나 받는 손 위에 놓이니까. 나는 이미 수도 없이 가족들을 위험에서 구해냈다. 나는 영웅이었다. 할머니 말이 맞았다. 신이 나를 이 세상에 보낸 거라면, 거기엔 무슨 이유가 있을 것이다. 그리고 나는 우리 가족을 구하는 것이 바로 내 임무라고 생각했다. 영웅이 임무를 수행하며 약간의 고난을 겪는 것은 당연한 일이다.

어느 가을날 내 부모가 나를 결국 정신병원에 입원시켰을 때, 나는 그것 역시 내가 겪는 고난 중 하나라고 생각했다. 영웅은 고난을 이겨낸다. 언제나. 나는 그렇게 생각했기 때문에 동생에게 위험이 닥칠 것이라는 사실을 예지하자마자 한시도 지체하지 않고 병원을 탈출했다.

동생은 당시 초등학생이었고 곧 첫 수련회를 갈 예정이었다. 그리고 나는 수련회장으로 향하는 버스가 큰 사고를 당하는 미래를 예지했다. 그 사고가 난 뒤에 우리 가족이 돌려받을 수 있는 것은 으스러진 좌석들 사이에서 끄집어낸 작고 창백한 몸뚱이밖에 없을 것이다.

내가 병원에 입원해 있던 덕분에 엄마와 아빠는 긴장을 풀고 동생을 과보호하는 것을 멈춘 상태였다. 아직 어

린 내 동생은 하굣길에 언니가 나타나자 어리둥절하면서
도 설득에 넘어가 나를 따라왔다. 나는 광역 버스를 타고
최대한 멀리, 엄마 아빠가 쫓아올 수 없을 정도로 먼 동네
의 찜질방에 숨어버렸다. 동생은 칭얼거렸지만 혼자 돌아
가는 법을 몰라 이내 얌전해졌다. 의사의 지갑에서 훔친
돈으로 동생에게 라면과 구운 계란을 사서 먹이며, 나는
그곳에서 수련회가 끝날 때까지 기다리면 된다고 생각했
다. 나는 동생이 잠든 것을 확인하고 만족스럽게 바닥에
누웠다. 오랜만에 그 꿈이 성공에 대한 보상으로 찾아오
길 바라며 잠을 청했다.

그러나 그날 밤 내가 꾼 꿈은 평소와 달랐다. 온통 새까
맣고 추상적이었다. 누군가의 통곡과 울부짖음이 엉망으
로 나를 짓눌렀다. 크고 두꺼운 어른들의 울부짖음. 보통
의 어른들이 절대 아이 앞에서 보이지 않는 사나운 날 것
의 울음. 오직 자식을 잃은 부모만 낼 수 있는 처절한 울
음이 꿈속에 울려 퍼졌다. 그 통곡의 한가운데에 박살 난
버스의 차체가 있었다. 초등학교 아이들의 어린 몸이 지우
개 똥처럼 짓눌려 서로 섞여 있었다. 뜨거운 액체 금속이
등줄기를 타고 흘러내리는 느낌이 들었다. 온몸에 소름이

돌았지만 나는 그 이유를 알 수 없었다.

나는 잠깐 눈을 떴고, 잠이 깨지 않은 머리로 꿈이 끝났다고 생각했다. 그러나 다시 눈을 감았을 때 두 번째 꿈이 찾아왔다. 내 오랜 친구가 새하얀 세상을 걷고 있었다. 다친 것인지 한쪽 다리를 절고 있었는데, 그 몸으로도 계속 걸으려 안간힘을 쓰고 있었다. 그는 무너진 도로 한복판에서 몇 번이나 쓰러진 끝에 피난처를 찾았다. 반쯤 부서진 컨테이너 같은 곳이었다. 안에는 해골들이 둥글게 모여 있었다. 가운데에는 옷가지 같은 것을 불태우던 흔적이 남아 있었고 안쪽에 있는 것일수록 작았다. 마치 큰 사람들이 작은 것들을 최대한 보호하려 안쪽으로 몰아넣은 것처럼. 여행자는 흠칫 한 걸음 뒤로 물러섰지만 이내 정신을 차리고 문을 닫았다. 그는 해골들과 멀리 떨어진 구석에 쓰러지듯 누워 몸을 웅크렸다. 그는 천천히 방독면을 벗었고 나는 처음으로 그의 얼굴을 볼 수 있었다. 여행자는 마치 우는 듯 일그러진 얼굴을 하고 있었다. 만약 가능했다면, 나는 그 오래된 낯선 이의 얼굴을 오랫동안 가만히 들여보고 있었을 것이다. 그러나 그는 이내 돌아누웠고 한동안 들썩거리던 몸뚱이는 이내 고르고 얕은 숨을 뱉기 시작했다. 나는 잠든 여행자와 그 옆의 해골을 지켜보다가 잠에서 깨어났다.

잠에서 완전히 깨어났을 때 시간은 새벽이었다. 동생은 눈물로 얼룩진 얼굴로 색색 숨을 고르며 내 팔을 베고 자고 있었다. 나는 그 애를 내려다보며 한참 생각에 잠겼다.

* * *

나는 미래를 볼 수 있다. 아주 나쁜 미래만, 아주 불길한 미래만.

그러나 미래를 본다는 관용적인 표현은 내가 실제로 미래를 예지하는 방식과는 조금 다르다. 엄밀히 따지면 나는 미래를 '보지' 않기 때문이다. 시간은 앞으로 일어날 모든 일이 빼곡히 적힌 크고 두꺼운 책이 아니다. 시간을 몇 페이지 거슬러 올라가 읽는 식으로 간단히 미래를 알 수는 없었다.

나는 그저 수없이 많고 복잡한 미래를 이해할 수 있었다. 현재 앞에 놓인 가능성의 파편들 속에서 앞으로 무슨 일이 일어나리라는 것을 직감적으로 느낄 수 있었다.

그 감각은 게체기가 나올 것 같은 묘한 기분이나 오르가슴에 달하기 직전 느껴지는 아찔함, 혹은 꿈속에서 계단을 내려가다가 발을 헛디디는 순간의 오싹한 느낌과 비슷했다. 나는 나쁜 미래가 닥치기 직전 그 직감만 믿고 내게 소중한 것, 오직 가족들만 재빨리 건져내는 데 만족했다. 하지만 그날 나는 조금 다른 길을 걸었다.

나는 잠든 동생을 버려두고 그대로 학교로 돌아왔다. 이른 새벽이었지만 수련회를 위한 버스는 이미 운동장에 주차되어 있었다. 나는 그대로 버스에 다가가 예전에 TV 프로그램에서 본 대로 볼펜을 이용해 타이어의 공기를 빼다가, 타이어가 충분히 평평해지지 않자 학교 공구실에서 양손 가위를 훔쳐 와 타이어 고무를 조각조각 잘라버렸다.

하지만 그걸로는 충분하지 않았다. 아이들을 통솔해 나온 선생님들은 출발할 수 없게 된 버스를 보고 화가 난 표정으로 기사를 닦달했고 기사는 쩔쩔매다가 어디론가 전화를 돌려 새로운 버스를 들여왔다. 그래서 나는 그들이 한눈파는 사이 새로운 버스 안으로 들어가 문을 잠가버려야 했다. 어른들은 당황했고 문을 열려 했지만 통하지 않았다. 내가 버티고 또 버틴 끝에 사고는 일어나지 않았다. 몇 시간 뒤 나는 어른들 손에 붙잡혀 질질 끌려 나오고 아이들은 지친 표정으로 버스를 타고 수련회장으로 향했지만, 버스를 들이받았어야 할 화물차는 이미 혼자 벽을 박고 견인된 지 오래였다. 나는 뿌듯함을 느꼈다. 내가 일으킨 '사고' 때문에 징계위원회가 열리고 아빠에게 얻어맞기 전까지는 그랬다.

"그래서, 이야기의 요점이 뭐야?"

너는 그렇게 물었다. 나는 그 '사고'의 경위를 먼저 물어본 건 너였다고 지적하려다가 그냥 어깨만 으쓱하고 말았다.

너는 이미 학교에서 나만큼이나 유명했다. 우리 학교를 다니는 보육원 출신 아이들은 대부분 얌전하게, 사실 지나치게 얌전하게 행동하려 노력했지만 너는 그렇지 않았다. 너는 대담하고 목소리가 컸다. 1학년 때 너에 관한 악의적인 소문을 퍼뜨린 남자애의 반을 찾아가 얼굴을 몇 번에나 무릎으로 가격한 일은 너에게 질 나쁜 명성을 가져다주었다. 세상에, 지금 와서 생각하니 너와 어울리던 유일한 아이가 너였고, 나와 어울리던 유일한 아이가 너였다는 사실은 하나도 이상할 것이 없다.

"버스를 부순 이유가 네 꿈 때문이라는 말이야?"

너는 이해할 수 없다는 듯 머리를 흔들었다. 그 머리칼. 목덜미 위에서 살짝살짝 흔들리는 부드러운 머리칼은 네 자랑거리 중 하나였다. 그 안에 손가락을 넣으면 마치 비단처럼 미끄러졌고 별다른 관리를 하지 않아도 윤기가 흘렀다. 이후 네가 몇 차례에 걸친 탈색으로만 제대로 빛깔이 나온다는 새파란 머리색을 하기로 결심한 것도 그 타고난 머릿결을 믿은 덕분이 컸다. 나로서는 네 첫 급여의 꽤 많은 부분을 할애해야 했던 그 비싼 염색이 처음엔 탐탁잖았다. 하지만 이후 끝에서부터 빛이 점차 옅어지는, 군데군데 우아하게 회색이 섞이는 모습으로 변한 머리가 아주 예뻤다는 사실은 인정할 수밖에 없었다. 나는 종종 네 머리끝을 만지작거리며 시간을 보내곤 했는데 색이 보이지 않는 어두운 잠자리에서도 그 버릇을 버리지 못해서 네 핀잔을 듣곤 했다.

"난 버스를 부순 적 없어."

내가 말했다. 타이어에 구멍 좀 낸 것 가지고 버스를 부쳤다고 하는 건 지나친 과장이었다.

"그리고 꿈 때문이 아니야. 난 꿈으로 미래를 보지 않아. 그냥 예지하는 거지. 꿈은 그냥 거기에 딸려오는 보너스 같은 거야."

"그래, 그래. 예언자 씨. 근데 너 그 '예언'에 너무 목 안 매는 게 좋겠다."

너는 달래려는 건지 비꼬는 건지 알 수 없는 투로 말했다. '건강하지 못하다고.' 너는 그렇게 덧붙였지만 나는 그 말을 무시했다.

나는 내가 '예언 능력'을 가지고 있는 것을 숨기지 않았다. 하지만 학교라고 해서 딱히 믿어주는 사람이 있는 건 아니었다. 어떤 애들에게 나는 별종으로 통했다.

음, 어쩌면 대부분의 애들에게.

아니, 모든 애들에게.

어쩌면 선생님도 포함해서.

뭐, 그게 중요하겠는가. 나는 아무래도 좋았다. 남들이 뭐라 하든 내가 미래를 예지할 수 있는 건 진짜였고, 이번에는 그것을 이용해 가족뿐만 아니라 초등학생 서른 명을 죽음에서 구해내기까지 했다. 비록 아무도 알아주지 않긴 했지만 그래도 그 정도면 자부심을 가져도 충분한 일이었다.

"그럼 네가 꾼다는 그 눈밭에 대한 꿈은 뭐야?"

네가 물었다. 내가 대답했다.

"글쎄…… 그냥 내 생각이지만. 그건 먼 미래가 아닐까. 아직 언제인지는 모르겠지만."

"와."

너는 기가 막힌다는 듯한 소리를 냈다가 무슨 생각인지 킥킥 웃었다.

"너 엄청난 스포일러를 당했네."

딱히 놀라울 것도 없는 소식이었다. 내 인생은 처음부터 끝까지 '스포일러'로 점철되어 있었으니까.

"세상이 그렇게 멸망한다고? 그럼 준비 단단히 해둬야겠는걸."

너는 내 말을 진지하게 믿는 기색이 아니었다. 정말 믿었더라면 세상의 끝에 대해 이야기하며 그렇게 눈을 휘고 활짝 웃을 리 없지. 나는 네 얼굴을 가만히 들여다보았다. 네가 불편함을 느끼고 살풋 눈썹을 찌푸릴 때까지.

"그래."

나는 그렇게 말했다.

"준비 잘 해둬야지."

나는 동생을 구했다. 하지만 동생은 그렇게 생각하지 않았다. 그 애는 그날을 죽을 뻔했다가 살아난 날이 아니라, 그냥 죽을 뻔한 날로 기억했다. 그리고 그건 나 때문이었다. 수련회 버스에서 끌려 나온 후에도 나는 동생이 차를 탔다가 괜한 해를 입을지도 모른다는 생각에 그 애를 어디에 감춰놓았는지 엄마와 아빠에게 입을 다물었다. 그들은 결국 경찰에 신고해서 겨우 동생을 찾아냈다. 찜질방에서 혼자 깨어난 동생은 겁에 질려 한참 동안 울고 있었다.

동생이 입원한 병실에서, 나는 아빠가 내 뺨을 갈기리라는 것을 미리 알고 있었다. 그것도 몇 번이나. 하지만 엄마가 동생 손을 붙잡고 울면서 아무것도 말리지 않으리라는 것은 몰랐다. 아빠가 내 배를 발로 걷어차려는 걸 말린 건 엄마가 아니라 병원 경비원이었고 그 이후로 가족들은 나를 없는 사람 취급했다. 그다음부터는 가족들에게 딱히 큰 위기가 닥쳐오지 않았고, 불길한 예지도 잦아들었다. 나는 그들 곁에 있을 필요가 없다고 판단했다.

고등학교를 졸업하고 성인이 되자마자 너와 집을 나간 것은 그 때문이었다. 네가 보육원을 퇴소하는 날, 나는 골목 앞에서 너를 기다렸다. 너는 작은 박스 하나와 캐리어 하나를 가지고 보육원을 나왔다. 나 역시 집에서 가져온 물건들이 든 짐가방을 들고 있었다.

"이제 우리끼리 사는 거야."

너는 그렇게 말했었다. 잔뜩 긴장한 얼굴이었다. 나는 네가 기쁨과 두려움이라는 상반된 감정에 휩싸여 있음을 알 수 있었다. 보육원의 규칙적인 생활은 너에게 안정을 보장해 주었지만 동시에 네가 타고난 자유분방한 기질과 정면으로 부딪히기도 했다. 너는 내게 몇 년 전 보육원을 졸업한 선배의 집으로 가자고 말했다. 네가 보육원을 퇴소하기 직전 너를 찾아와 몇 번이나 밥을 사주며 앞으로의 일에 대해 조언을 해준 사람이었다. 너는 그에게 나에 대해서도 말했고, 그는 기꺼이 자신의 집에 받아주겠다고 했다. 그는 보육원을 졸업한 아이들을 이미 몇 명 돌보고 있었다. 너는 이미 그 집에 몇 번 가보았다. 비록 좁고 불편했지만, 선배는 공짜나 다름없는 방세만 받겠다고 약속했다. 무엇보다 집에 머무는 다른 아이들도 모두 여자라

안심이 되었다. 너는 잔뜩 신난 표정으로 그 선배가 나까지 받아주겠다고 했다고 말했다. 나는 미소를 지으며 고개를 저었다.

"우린 거기 안 갈 거야."

우리는 그 뒤 노숙자 쉼터에서 며칠을 지냈다. 너는 잔뜩 짜증이 나서 나에게 미운 말을 하거나, 지금이라도 선배의 집으로 가자고 고집을 부릴 때가 아니면 거의 입을 열지 않았지만 나를 떠나지 않았다.

할머니의 유언집행자는 보름 뒤에 나를 찾아왔다. 내가 예상한 것보다 여드레가 더 걸렸다. 아마 노숙자 쉼터는 적법한 거주지가 아니라 찾기 어려웠기 때문일 것이다. 할머니는 돌아가시면서 얼마 안 되는 예금과 낡고 조그마한 빌라 한 채를 전부 내 앞으로 남겼다. 나중에 빌라에 들어갔을 때, 안방 화장대 위에 낡은 자개함이 덩그러니 올려져 있는 것을 보고 나는 웃음을 터뜨렸다. 허름한 양복을 차려입은 변호사는 노숙자 쉼터의 찌는 듯한 열기가 익숙하지 않은지 쉴 새 없이 손수건으로 땀을 닦았다.

"널 찾느라 고생 많이 했다. 네 부모님은 네가 어디로 갔는지 모르고 관심도 없다고 하고……. 그런데 여기서 엄마ㅏ 기낸 기니? 어사내 불이서? 세상에. 아무리 그래도 그렇지……. 빌라에 들어가기 전에 있을 곳이 없다면 내가 도와줄 수 있다만……."

나는 기꺼이 그 사마리아인의 친절을 받아들였다. 집을 나오기 전에 훔친 엄마의 비상금은 상속 절차가 끝날 때까지 우리 둘이 쓰기에 턱없이 부족했기 때문이다. 나는 엄마가 내게 가진 분노와 거부감 속에 미약하게나마 애정, 적어도 죄책감이 있다고 생각했다. 그리고 그것이 내가 돈을 가지고 나온 것을 묻어둘 정도는 된다고 생각했다. 그리고 내 판단은 옳았다. 사람은 좋지만 눈치는 조금 없던 그 변호사가 나를 몇 번 더 찾아왔지만, 그가 늘어놓는 법률 용어 속에 절도죄에 관한 것이 나오는 일은 없었다.

몇 달 뒤, 우리는 할머니의 빌라에 입성했다. 각종 튀김류와 편의점 맥주, 그리고 네가 고집을 부려 산 청주 큰 병 하나와 함께였다. 우리는 축하의 의미로 먹고 마시기 전에 할머니께 제주(祭酒) 한 잔을 올렸다. 격식도 방법도 엉터리인 가운데 나는 우리 할머니는 과하게 독실한 개신교였으니 오히려 안 좋아할 것 같다고 했다가 등을 한 대 얻어맞았다.

"너, 전에 네가 안 좋은 미래만 보는 것 같다고 말한 적 있잖아."

가져온 맥주를 거의 다 마셔가던 중 네가 머뭇거리며 입을 열었다. 나는 말 하라는 듯 박자에 맞춰 고개를 끄덕였다.

"혹시…… 이번에 너희 할머니가 돌아가시는 걸 본 거야? 그래서 선배 집에 들어가지 말자고 한 거야?"

"아니, 할머니는 오랫동안 아프셨고, 돌아가시기 직전이었어. 엄마랑 아빠가 노친네 정신이 나가서 그 미친년한테 유산 다 물려줄 거라고 짜증 내는 걸 들었지."

그 말에 너는 인상을 찌푸렸다.

"넌 가족들한테 그런 말 듣고도 아무렇지도 않나?"

화가 난 네 앞에서 나는 바보같이 웃기만 했다. 그렇지만 할머니는 노친네가 맞고, 겉으로 보기엔 내가 미친년처럼 보이는 것도 맞는걸. 나는 익숙한 집, 내 어린 날의 왕국에 돌아와 있어서 기분이 좋았다. 그 왕국에 네가 와 있는 것도 마음에 들었다.

술자리의 끝에서 나는 나를 부축하던 너에게 토사물을 쏟아냈다. 노숙자 쉼터에 지내는 동안 지저분해진 옷을 선부 빨아 널어놨기 때문에 우리는 어쩔 수 없이 옷을 벗고 한 이불 안에 등을 맞댄 채 잠이 들었다. 나는 너의 맨등을 느낄 수 있었다. 네 등은 따뜻했고 호흡에 맞춰 부드럽게 오르락내리락했다. 다음 날 너는 술에서 깬 나에게 옷을 집어 던지며 기어코 나머지 빨래를 시켰다.

너는 끝내 내가 뭘 보았기에 선배의 집에 들어가지 말자고 했는지 알지 못했다. 하지만 그로부터 몇 년 뒤, 보육원을 출소한 아이들을 꾀어내 강제로 성매매를 시킨 일당이 적발되었다는 뉴스를 보고 있는 너를 보았다. 내가 들어오자 너는 급히 채널을 다른 곳으로 돌렸지만 자신 역시 어린 시절 고난을 겪었다며 눈물로 선처를 호소하던 남자의 얼굴이 화면에 나오던 모습을 본 뒤였다. 너에게 밥을 사줬던 그 선배였다. 너는 그 일에 대해서 다시 이야기하지 않았다. 나 역시, 우리 예금을 깨서 어디론가 가져간 너에게 아무 말도 하지 않았다. 네가 그 보육원 아이들을 가족으로 여긴다는 것을, 생존자의 죄책감을 느낀다는 것을 알고 있었으니까.

* * *

　사실, 너에게 이야기하지 않은 것이 하나 더 있다. 앞으로도 말할 생각이 없는 단 하나의 예언. 꿈속에서 나는 여행자가 마지막으로 들른 병원에서 드디어 약탈당하지 않고 남아 있는 약병들을 찾아낸 것을 보았다. 그는 몇 남지 않은 그것들을 어떤 책에서 찢어낸 페이지와 하나하나 대조했다. 그리고 그는 항생제 바로 옆 칸에서 발견한 약들을 천으로 소중하게 돌돌 말아 가방 깊은 곳에 집어넣었다. 그는 옥상으로 올라가 다시 그 기계를 꺼냈다.

　이번에는 그는 '찾지 못함'이라고 보내지 않았다. 그는 이렇게 보냈다.

　'무사함'

　모스 부호로, 천천히.

　'찾았어.'

　그는 그렇게 말했다. 손가락 하나가 없는 손이 추위 때문인지 아니면 다른 이유 때문인지 잘게 떨리고 있었다. 그의 얼굴은 땀과 눈물로 범벅되어 있었다. 너의 얼굴은 땀과 눈물로 범벅되어 있었다. 나는 너와 내가 만나기 전

부터 함께했던, 조금 나이 든 네 모습을 보았다. 너는 손
을 두드렸다.

    − · · · · − · · · · − · − · · · − · · − −

    − − · · · · · · · − · − − − − − − · · −

돌아감

사랑해

세상에, 유치해라.

그러니 내가 집요할 정도로 생존주의에 대한 책을 탐닉
하고, 생존 가방을 종류별로 만들어 놓고, 금요일 새벽을
통째로 해외 생존주의자 커뮤니티 웹사이트에서 보내는
이유가 그렇게 궁금한가. 우리가 돈을 모아 강원도 산골
에 조금이라도 땅을 사서 유사시 이동할 안전가옥을 만
들어야 한다고 주장한 이유도. 세상은 네가 살아있는 동
안 멸망할 예정이었다.

강원도의 안전가옥 계획 이야기를 들었을 때 너는 기

가 막힌다는 표정으로 말을 잇지 못했다.

"넌…… 아니, 너 지금 뭐라고……."

그러나 너는 문득 말을 멈추고 생각이 많은 표정으로 얼굴을 쓸어내렸다. 그건 네가 뭔가를 깊게 생각할 때 보이는 모습이었다. 네가 나를 아는 것처럼, 나는 너에 대해서 안다. 나는 네가 내 말을 믿지 않지만, 나라는 사람은 믿고 있음을 알고 있었다. 불신과 애정. 그 모순에서 오는 괴리가 너를 고민하게 만들고 있다는 것도 마찬가지다.

너는 마지못해 입을 열었다.

"……그래, 알았어. 그래서 네 맘이 편하다면야."

하지만 우리는 결국 강원도에 땅을 사지 못했다. 내가 일하는 마트는 간간이 직원들의 임금을 밀리거나 떼어먹으면서 세상 물정 모르는 어린애들을 고용해 딱 최저시급만큼만 주며 판촉 행사부터 냉동식품 창고 관리까지 모든 고된 일을 다 시키는 그런 곳이었고, 너는 간호조무사 학원비를 모으기 위해 가능한 모든 지출을 줄이고 있었다. 할머니의 빌라가 없었다면 우리는 이 도시에서 그리 오래 살아남지 못했을 것이다.

"그래, 네가 꿨던 꿈대로 세상이 망할 수도 있겠지."

너는 말했다.

"그래도 그건 먼 미래 일이잖아. 지금부터 대비할 필요는 없을 거야."

그래, 꿈속의 풍경은 지금의 모습과는 약간 달랐다. 너도 좀 더 나이를 먹었고 말이다. 하지만 동시에 나는 눈 내리는 세상의 모습이 이미 사람들이 아주 오랫동안 살지 않은 모습을 하고 있음을 알아보았다. 너는 어쩌면 세상이 멸망한 뒤에 그렇게 나이를 먹은 것일지도 몰랐다. 끝이 정확히 언제가 될지 모르겠지만 머지않았다. 정말로 머지않았다고.

* * *

나는 최대한 주변에 기반을 갖춰놓으려 애썼다. 가령 지역 커뮤니티에서 '생존주의자 모임'들을 만들기 위해 여러 번 시도했던 일이 있다. 진짜 종말이 일어났을 때 주위에 그런 네트워크가 있다면 큰 도움이 될 것이다. 하지만 그 '생존주의자 모임'들은 매번 내가 종말이 근미래에 실제로 일어날 것이라고 주장하는 순간부터 엉망이 되곤

했다.

"그러니까, 지금 휴거 같은 걸 주장하는 건가요?"

그나마 나와 길게 이야기해줬던 남자는 그렇게 말했다. 그는 며칠 더 모임에 남아 있었지만 이내 '요즘 사이비들 수법은 참 다양하다니까.' 하고 한숨을 쉬며 모습을 감췄다.

그래도 그 와중에 딱 한 가지 좋은 일은 있었다. 원래일하던 마트에서 벗어나 더 큰 곳으로 직장을 옮기게 된것이다. 그래 봤자 마트인 건 똑같았지만 막 한국에 진출한 외국계 체인점이라 초과근무수당과 주휴수당도 꼬박꼬박 지키고 돈도 훨씬 많이 줬다. 내가 면접에 합격한 것은 큰 행운이었다.

"어쩌면 좀 더 제대로 대비할 수 있을지도 모르겠어."

첫 출근 준비를 하며 나는 신나서 그렇게 말했다. 월급이 거의 2배 가까이 뛰었다는 건 확실히 신날 일이었다. 너무 늦기 전에 강원도에 안전가옥을 지어 놓을 수 있을지도 몰랐다. 때를 봐서 할머니의 빌라를 팔면 더 진행이 빠르리라. 너는 서류를 보느라 내 말을 듣는 둥 마는 둥했다.

"그래, 신나겠네. 여기 뭘 적어야 한다고 했지?"

"외국 이름."

"외국 이름이라. 핫산이나 응우옌 같은 걸 적으면 혼나겠지?"

너는 그렇게 말하고 소리 내서 웃었다. 나도 웃었다. 너는 잠시 고민하다가 굵은 매직으로 단어를 적어 넣었다. 캐시.

"캐시? 돈 말하는 거야?"

너는 나를 세상에서 제일가는 멍청이 보는 표정으로 흘겨보며 좀 더 얇은 펜으로 옆에 알파벳을 적었다. Cassie.

"C-a-s-s-i-e. '캐시', 멍청아. 카산드라의 애칭이잖아."

"내가 카산드라야?"

"너는 그렇게 생각하잖아. 미래를 보지만 아무도 믿어주지 않지. 불쌍한 카산드라."

나는 흐으으음 하고 과장된 신음을 내며 네 손가락을 가지고 놀았다. 매끄러운 피부에 잡힌 작은 굳은살이 손톱 끝에 톡톡 걸렸다.

"아닌데, 너는 믿어주는데."

너는 픽 웃으며 손가락을 빼내 내 이마를 쿡 찔렀다.

"아니, 나도 안 믿지. 난 네가 미쳤다고 믿어."

"나 미친년이야?"

나는 너를 올려다보며 말했다. 너는 진지하게 고개를 끄덕였다.

"미친년이지. 예쁜 미친년."

그리고 너는 그대로 애정을 담아 내 머리를 헝클어트렸다.

내가 나쁜 일만 예언할 수 있다고 얘기했던가? 아마 그날 일을 내가 정확히 예언하지 못했던 것은, 그 시작이 나쁜 일인지 좋은 일인지 확실하지 않아서였을 것이다. 하지만 결말은 확실히 아주 나쁘게 끝났다. 동생이 나를 보러 온 것이다.

계산대에서 캐셔 일을 하고 있을 때 그 애가 나를 찾아왔다. 홀쩍 자란데다가 아주 어른스럽게 차려입고 있어서 처음에는 알아보지 못했다.

"삼만 칠천 원입니다. 멤버십 카드 보여주시겠어요?"

그 애는 작고 마른 몸에 잘 어울리는 캐시미어 코트에

손을 쑤셔 넣고 나를 쳐다보다가 나짜고짜 내게 말했다.

"언니 이렇게 살아?"

그제야 나는 동생을 알아보았다. 작고 하얀 얼굴, 어릴 때와 똑같은 얇은 눈매. 연갈색으로 염색한 머리카락은 가슴께까지 보기 좋게 늘어져 있었다. 나는 눈썹을 치켜올렸다.

"오, 안녕."

"안녕?"

동생은 '안녕'이라는 짧은 단어 하나에 자신의 모든 분노를 담으려는 듯한 어조로 말했다.

"10년 만에 보고서 하는 말이 그거야?"

"어…… 너한테 일깨워주자면, 우리가 약속을 하고 만난 건 아니거든. 나는 일하는 중이고. 너한테 여기 멤버십이 있는 줄 몰랐네."

"언니 보러 온 거야."

동생이 말했다. 나는 난처한 표정을 지었다. 본래 내 일은 창고와 재고 관리였지만 캐셔 두 명이 병가를 낸 탓에 추가 근무를 하는 중이었다. 2시간만 더 하면 원래 급여에 50%를 더한 수당을 받을 수 있었다.

"나 2시간 뒤에 끝나."

나는 동생 뒤에 길게 늘어서기 시작한 줄을 턱짓했다. 동생은 짜증스럽게 한숨을 쉬었다.

"마트 앞에서 기다리면 내가 나갈게."

동생은 보일 듯 말 듯 고개를 끄덕이고 휙 돌아섰다. 나는 멀어지는 뒷모습을 보다가 그 애가 계산도 안 하고 갔다는 걸 뒤늦게 깨달았다. 나는 매장 직원을 불러 동생이 가져온 망고와 아보카도 오일을 매대에 돌려놔 달라고 해야 했다.

2시간하고 15분이 지난 후 나는 밖으로 나갔다. 동생은 한참 전부터 기다렸는지 찬 공기에 빨개진 얼굴로 마트 바로 옆에 서 있었다.

"어디라도 들어갈까?"

내가 물었다. 동생은 단호하게 고개를 저었다.

"걸으면서 얘기해. 길게 안 걸릴 거야."

그래서 우리는 근처 공원으로 걸었다. 나는 동생을 조심스럽게 살펴보았다. 어릴 때 그토록 자주 죽음의 위기에 처했던 것치고는 아주 멀쩡하게 잘 자랐다. 여전히 작긴 하지만 말이다. 내 명치께에 위치한 동그란 정수리를 내려다보며 내가 먼저 침묵을 깨야 할지, 동생이 하고 싶은 말을 하도록 내버려 둬야 할지 고민했다.

날이 추워서인지 공원에는 사람들이 거의 없었다. 나는 자판기에서 따뜻한 캔커피 하나를 꺼내 동생에게 권했다. 동생은 거절하다가 내가 거듭 내밀자 마지못해 받아 한 모금 마셨다.

"왜 집에 안 들어왔어?"

동생이 말했다. 그 애의 입술에서는 달짝지근한 커피 냄새가 풍겼다. 내 입장에선 정말 이상한 질문이었다.

"안 들어오다니? 나 성인이야. 독립한 거라고."

"그 말이 아니잖아. 나는……"

동생은 뭐라 말하려다 말고 입술을 깨물었다. 나는 동생이 말을 이을 때까지 기다려주었다.

"아니, 언니한텐 그게 독립이야? 고등학교 졸업하자마자 가타부타 말도 없이 짐 챙겨서 나가버리고 연락 끊은 게?"

동생은 나를 휙 올려다보며 쏘아붙였다.

"잠깐이라도, 적어도 명절 때나 부모님 생신 같은 날에는 연락 줄 수 있었잖아. 할머니 유산 다 물려받은 거가 뭐 별거라고. 언니가 우리한테 연락했다고 해서, 그걸 빼앗으려고 하거나 하진 않았을 거야."

"잠깐, 그게 무슨 소리야."

내가 말했다.

"할머니 유산? 엄마 아빠가 그렇게 말했어? 내가 연락 안 한 게, 할머니 유산 혼자 먹으려 그런 거라고?"

"그렇게 말하진 않았어!"

동생이 다급히 말했다. 그랬겠지. 나는 묘한 눈으로 동생을 내려다보았다. 하지만 아주 비슷한 뉘앙스의 말을 했을 것이다. 몇 년에 걸쳐, 아주 많이. 안 봐도 머릿속에 풍경이 그려졌다. 알 수 없는 감정이 들끓었다. 나는 가라앉은 목소리로 말했다.

"뭔가 오해가 있나 본데. 내가 집에서 나온 건 가족들에게 위기가 닥치는 미래가 더 안 보였기 때문이야. 이제 안전할 줄 알았지. 그리고 연락 안 한 건 너희도 마찬가지잖아."

"당연하지! 언니가 그런 짓을 했는데 그냥 오냐오냐해 줄 줄 알았어? 나 그 뒤로 심리 상담받아야 했다고, 2년이나."

나는 눈살을 ~~찌푸렸다~~. 낯선 곳에 꼬박 하루 반나절을 버려져 있던 경험이 초등학생에게 유쾌했을 리 없다는 건 이해한다. 하지만 동생을 지키기 위해 했던 일이다. 그날 나는 심지어 동생뿐만 아니라 다른 서른 명의 아이들까지 죽음에서 구해냈다. 칭찬은 못 받아도 비난받을 일은 아니었다.

"거듭 말하건대, 내가 차 사고를 안 막았으면……."

"제발 그 나이 먹고 헛소리 좀 그만해."

동생이 거칠게 내 말을 잘랐다.

"어릴 때부터 계속 이상한 말을 했던 거, 왜 그랬는지 이제는 이해해. 이해는 하지만, 틀렸어. 엄마 아빠는 나를 더 사랑하거나 하지 않아. 그걸 왜 몰라서 이 사달을 만들어?"

나는 내 표정에서 '오, 이건 진짜 멍청한 소리인데…….' 하는 생각이 드러나나 궁금했다. 왜냐하면 동생이 하는 소리는 진짜 멍청한 소리였기 때문이다. 나는 한숨을 내쉬며 캔을 찌그러트려 던졌다. 동생은 집에 돌아가자고, 엄마 아빠가 언니 말이면 몰라도 자기 말이라면 들을 테니 나에게 기회를 줄 거라고 나를 설득하고 있었다. 그 말이 방금의 주장과 얼마나 상호모순되는지도 깨닫지 못한 것 같았다. 나로 말할 것 같으면, 나는 이 대화에 모든 흥미를 잃은 후였다. 무슨 의미가 있겠는가? 나는 문제가 있는 것도 아니고 집으로 돌아가야 할 이유도 없었다. 내 삶은 행복했다. 동생이 전에 내가 받던 정신치료를 다시 받아보자는 말을 할 때, 나는 네가 기다리는 집으로 사갈 맥주 종류를 고민하고 있었다. 동생은 점점 언성을 높이기 시작했다. 그 애 입장에선 당연한 일이었다. 큰맘 먹고 언니를 용서해주고 부모님과의 화해를 주선하려 나왔는데, 정작 내가 이런 태도니 약이 오르지 않을 수 없다.

"저기, 동생아."

결국 나는 대화의 종언을 선언하기 위해 입을 열었다. 나는 잠시 극적으로 말을 길게 멈췄다.

"나한테 신경 좀 그만 써라. 그리고 우리 살아있을 때 세상이 멸망할 거니까 준비 잘해놓고."

동생은 업데이트 오류를 일으킨 컴퓨터처럼 나를 쳐다보다가 결국 혼자 잘 먹고 잘살라는 요지의 말을 쏘아붙이고 돌아서 가버렸다.

그 애가 그렇게 말하지 않아도, 나는 이미 충분히 잘살고 있었다. 아서을 것도, 그리울 것도 없었으며 정말로 그 애를 쫓아갈 이유가 없었다는 뜻이다. 동생이 무사히 집에 돌아갈 수 있다는 걸 알았더라면 그렇게 놔뒀을 것이다. 하지만 동생이 눈앞에서 사라진 순간 나는 그 애가 요 앞 사거리에서 차에 치일 거라는 사실을 깨달았다. 추운 공원 한복판에서 나는 몇 번이나 짜증스러운 한숨을 내쉬며 하늘을 쳐다보다가 그 애를 따라 달려갔다.

나는 미래를 볼 수 있다. 그러나 사람의 마음을 읽을 수는 없다. 결국 나는 끝끝내 동생이 왜 갑자기 나를 찾아왔는지, 나중에 다시 또 찾아올 생각이었는지 알지 못했다. 앞으로도 알 수 없으리라. 동생은 내가 자길 따라오자 약간의 희망을 갖는 것 같았다. 그러나 내가 큰길 교차로를 건너지 말고 골목으로 돌아서 갈 것을 요구하자 질린 표정을 지었다. 몇 번의 고성이 오가고 내가 동생의 팔목을 잡아끌기 시작하자 그 애는 발버둥을 치기 시작했다. 훗날 동생이 증언하기를 그 애는 그때 위협을 느꼈다했다. 그럴 수도 있다고 생각한다. 나는 동생보다 머리 하나는 더 크고, 육체노동을 통해 먹고산 사람이었으니까. 하지만 동생이 내 손목을 깨물고 깜빡거리는 횡단보도로 뛰쳐 나갔을 때, 나는 그 애를 잡을 만큼 충분히 빠르지 못했다. 나는 간신히 그 애를 밀쳤지만 너무 늦었다.

빌어먹을 오토바이.

동생은 죽지 않았다. 다만 오랫동안, 어쩌면 죽을 때까지 휠체어 신세를 져야 한다는 진단을 받았다. 가족들은 내 앞에 나타나지도 않았다. 그들은 변호사를 통해서 결정을 알려왔다. 그의 말에 따르면 '옛정을 생각해서' 고소나 형사고발은 하지 않겠다고 했다. 대신 동생의 치료비와 재활비용은 전부 내가 부담하는 조건이었다. 그걸로 끝났으면 차라리 견딜 만했을 것이다. 하지만 하필 동생이 횡단보도로 뛰어들고 내가 마치 차 앞으로 그 애를 밀치는 것처럼 보였을 때, 그걸 목격한 사람들 중엔 우리 마트 매니저가 있었고 얼마 지나지 않아서 나는 일자리를 잃었다.

할머니의 빌라를 팔고 도시 중심부에서 한참 떨어진 작은 투룸으로 거처를 옮기기까지 그리 오래 걸리지 않았다. 보증금은 빌라를 팔고 남은 돈과 여태 같이 모아둔 돈을 합쳐서, 월세는 가능한 반으로 나눠 내기로 했다. 나는 종종 내 몫의 월세를 밀렸는데 농생의 재활과 상담비용이 끊임없이 청구되었기 때문이었다. 내 옛 가족들은 영수증 하나 버리는 일 없이 알뜰하게 모아 나에게 보내왔다. 그럴 때마다 너는 아무 말 없이 혼자 월세를 냈다. 가끔은 그들에게 보내야 하는 돈까지 같이 내주기도 했다.

나는 처음으로 불확실함과 두려움을 느꼈다. 여태까지 나는 내 예지를 의심한 적 없었다. 하지만 눈밭을 헤집고 다니던 네가 있던 그 공간은, 정말 현실이 맞았던 걸까? 너는 서리가 내려앉은 머리를 하고서 폐허가 된 도시를 지나 나에게 오게 될까? 아니면, 지금 나를 떠나 영영 모습을 보이지 않게 될까. 밤마다 나는 이불 속에서 너를 끌어안았다. 너는 낮게 한숨을 쉬며 내 등을 토닥거려주었다. 나는 잠들 때까지 팔을 풀지 않았다.

* * *

내가 끝까지 얼마나 어리석었는지, 얼마나 이상주의적이고 순진했던지. 종말이 어느 날 갑자기 들이닥쳐 하루만에 전 세계를 휩쓸 거라고 생각했다니.

종말의 날은 오래지 않아 다가왔지만 그건 빠르지도 공평하지도 않았다. 심지어 나만 예언했던 일도 아니었다. 옐로스톤 화산의 폭발은 이미 지질학자들이 십여 년에 걸쳐 분화의 징조를 발견하고 경고했었다. 다만 우리가 그 사실을 몰랐을 뿐이다.

3150제곱킬로미터의 칼데라가 폭발하는 광경은 전 세계에 중계되었다. 화산 따위가 폭발한 것은 아무것도 아니라고, 인류가 이전과 같이 살 수 있으리라 믿는 사람들은 여전히 있었다. 하지만 미국 국토의 대부분이 화산재로 덮이고 소빙하기와 인류가 여태껏 경험하지 못한 대공황을 지나며 낙관주의자들은 빠르게 멸종위기를 맞이했다. 인간이라는 종이 살아남기 위해서는 최대한 협력해야 한다고 각 분야의 전문가들이 목소리를 높였다. 하지만 인간이 정신 차리고 전 세계적으로 협력하기를 기대하느니 대기권 상층부에 퍼진 수십억 톤의 화산재를 다시 주워 담는 게 빠를 것이다.

식량 생산량이 기하급수적으로 줄었다는 뉴스는 어떤 곳에서는 목숨을 걸고 사재기를 해야 한다는 신호였지만 어떤 곳에선 수백만 명이 굶어 죽고 분노와 공포로 가득

차 식량과 물을 위한 전쟁을 일으켜야 한다는 뜻이었다. 인간은 정치적인 동물이다. 그렇지 않은가? 그리고 이 명제는 세계 곳곳에서 전쟁이 일어나는 중에 홀로 고고히 무사할 수 있는 나라는 단 한 곳도 없다는 뜻도 되었다.

그리고 좀비들이 나타났다.

비유법이다. 물론.

어떤 재앙이든 살아남는 이들은 존재했다. 가끔은 초기에 너무 많이 살아남아서 문제였다. 아무런 준비 없이 운이 좋아 생존자가 된 이들에게는 모아놓은 물자도, 안전한 피난처도 없었다. 그래서 그들은 준비가 된 다른 생존자들을 약탈하는 것을 선택한다. 인육을 뜯어먹고 죽음 이후의 삶을 연명하는 좀비들처럼, 그들은 다른 이들의 준비를 뜯어먹으며 생존한다. 생존주의자들의 용어다. 그러나 이날만을 대비해왔던 그들도 '좀비'들이 이렇게 많이 나타날 줄은 몰랐을 것이다. 불행히도 나는 내 예언을 주변에 숨기는 성향이 아니었다. 이는 곧 생존주의자들의 황금률 중 하나인 '저인시성'을 하나도 지키지 않았다는 뜻이다.

대폭동 이후 모습을 감췄던 경찰들이 다시 치안통제를

시작했다는 뜬소문에 나는 혹시 도움을 받을 수 있을까 싶어 은신처에서 기어 나왔다가 칼을 맞았다. 어느 정도는 내가 자초하기도 했다. 편의점이나 마트 같은 시설이야말로 약탈자와 강도가 첫 번째로 나타나는 공간인 걸 알면서도, 혹시 그들이 미처 다 가져가지 못한 생수나 과자 따위가 남아 있지 않을까 하는 막연한 기대에 일부러 그쪽을 지났기 때문이다.

습격 직전 나는 그 사실을 예지하고 다른 길로 달아났지만 어째서인지 습격자는 다른 먹잇감을 노리는 것이 아니라 나를 집요하게 쫓았다. 나는 좁은 골목을 이리저리 지나며 도망쳤다. 하지만 그것도 숨이 턱 끝까지 차올라 휘청거리기 전까지였고 곧 남자의 억센 손아귀는 내 머리채를 붙들었다. 습격자의 손에서 칼이 번뜩였다. 얇고 지저분한 15cm짜리 고통이 마치 불꽃처럼 옆구리를 파고들었다. 나는 비명을 질렀다.

모든 비유법이 다 그렇지만 '가슴이 칼에 찔리는 듯한 고통'이라는 말은 새빨간 거짓말이다. 진짜 칼에 찔릴 때 느끼는 통증은 감정적 고통과는 비교할 수 없을 정도로 극심했다. 진짜 칼에 찔리는 것과 부모님에게 뺨을 맞고 욕실을 듣는 것 숭 하나를 선택하라면 백 번이라도 후자를 택할 것이다. 너무 아팠다. 남자가 칼을 더 깊게 찔러 넣었을 때, 나는 순간적으로 내가 살아있는 것인지도 확신할 수 없었다.

그때 남자가 내 이름을 불렀다. 나는 떨리는 손가락으로 몰래 허리춤을 더듬으면서도 화들짝 놀라 그를 올려다보았다. 처음 보는 얼굴이었다.

"너 C 마트에서 일할 때 본 적 있어."

남자가 떨리는 목소리로 말했다.

"너 생존주의자인가 종말주의자인가 그거였지? 휴식 시간마다 곧 지구가 망할 거라고 떠들어댔잖아."

아, 나는 속으로 탄식했다. 그것이 문제였다. 내가 주위 사람들에게 경고해 보려고 했던 것. 그것은 필연적으로 내가 '종말'에 대비가 되어 있다는 인상을 주었고 진짜 재앙이 찾아온 후 그들 눈에 나는 걸어 다니는 보물창고 정도로 보이게 되었다. 이 경우 보물이란 고작해야 통조림이나 약품 따위에 불과할 테지만, 동시에 누군가에게 그것은 하루치 생명을 연장할 수 있는 물건이었다.

남자는 손을 떨고 있었다. 칼을 찌른 사람인 주제에 꼭

자기가 울고 싶은 얼굴이었다. 그는 자신을 너무 나쁘게 생각하지 말라고 중얼거렸다. 찔린 사람 입장에선 쉽지 않은 요구였다.

"너희 집 어딘지 말해줘 제발. 형이 아파. 너라면 뭔가 준비해 놨을……"

나는 온 힘을 다해 남자를 밀쳐냈다. 몸에 박힌 칼날이 비틀리며 눈앞이 새하얘졌다. 나와 그가 동시에 비틀거렸고 나는 전기충격기를 그에게 발사했다. 종말 이전, 그다지 합법적인 경로로 구하지 않은 그것은 사방에 일련번호가 찍힌 보이지 않는 작은 비닐 조각을 흩뿌리며 남자의 얼굴에 박혔다. 남자가 경련하며 쓰러진 후에도 나는 충격기의 줄을 빼주지 않았다.

"젠장."

아픔은 사람의 정신을 흐리게 만든다. 제대로 된 판단력을 앗아가고, 세상에서 제일 멍청한 행동을 하게 만든다. 살점 깊숙이 차가운 금속조각이 박혀 있는 게 너무 고통스러워 나는 칼을 빼야겠다는 생각밖에 하지 못했고 피가 폭포수처럼 쏟아진 후에야 멍청한 선택이었다는 걸 깨달았다. 옷을 벗어 상처를 틀어막았지만 별 소용이 없었다.

너는 나에게 '이 멍청아!'라고 소리 지르고 싶은 마음이 너무나 강해 보였다. 하지만 동시에 나를 꽉 끌어안고 싶은 욕망 역시 참을 수 없는 듯했다. 결국 두 번째 욕망이 이겼다. 너는 펑펑 울면서 나를 침대에 눕히고 매트릭스가 피범벅이 되든 말든 신경 쓰지 않고 구급키트의 붕대로 상처를 싸맸다.

여기서 '붕대 이렇게 감으면 안 돼.'라고 참견하면 최악의 애인처럼 보이려나? 하지만 네가 붕대를 감은 방식은 정말 형편없었다. 이렇게 감으면 조금만 움직여도 붕대가 풀리고 출혈을 제대로 잡을 수가 없다. 전형적인 아마추어의 방식. 하지만 피를 흘리며 몇 킬로미터를 걸어온 몸은 지칠 대로 지쳐있었고 나는 손가락 하나 까딱하지 못하고 그대로 기절해버렸다.

기절한 것은 생전 처음이라 몰랐지만, 나의 오랜 꿈은 기절한 상태에도 찾아왔다. 아니면 내가 기절한 뒤 잠들었을지도 모른다. 어느 쪽이든 내 앞에는 네가 있었다. 새하얀 설원을 걷는 너. 20년 전부터 보아온 지독하리만큼 익숙한 네 모습.

너는 산속의 작은 집 앞에 서 있었다. 커다란 물탱크와 태양열 발전기까지 있지만 모두 눈에 잘 띄지 않게 숨겨져 있는 훌륭한 안전가옥이었다. 너는 잠금장치를 풀고 집 안으로 들어갔다. 네가 들어오는 소리에 상대가 눈을 떴다. 식은땀을 흘리고 있었고 침대에서 일으키는 손이 후들거렸다.

'나 왔어.'

너는 그렇게 말하며 울었다. 추위로 곱아든, 손가락 하나가 없는 손가락이 상대를 정신없이 쓰다듬었다.

'늦어서 미안해.'

너는 항생제 뚜껑을 열고 주삿바늘을 꽂았다. 너는 그것을 상대에게 주사했다. 상대는 웃음을 터뜨렸다. 이상하리만큼 낙천적이고, 듣기만 해도 기분 좋은 웃음소리였다. 그는 떨리는 몸으로 너를 끌어안고 입을 맞추었다.

'울지 마. 바보야.'

노랗게 변한 얼굴, 군데군데 빠진 머리카락, 떨리는 손. 그런 상황에서도 그 자식은 빌어먹게 예뻤다. 내 동생만큼이나 예뻤다. 세상이 멸망하고 앓아누운 와중에도 어떻게 그렇게 예쁘장하게 보일 수 있었을까? 그건 타고난 거였다. 모두가 알다시피 어떤 것들은 타고나지 않으면 결코 따라잡을 수 없다. 나는 절대 저런 모습으로 침대에 누워 있을 수 없다. 나는 옆구리에 피를 흘리며 입가엔 하얗게 거품이 말라붙은 채 땀으로 범벅이 되어, 산발이 된 머리카락을 추하게 늘어뜨린 채 매트리스 위에 누워있었다. 그는 내가 아니었다. 모든 것이 끝난 후 눈이 모든 것을 하얗게 덮은 그 세상에서 너와 함께 있는 것은 내가 아니었다.

나는 땀범벅이 된 채 눈을 떴다. 밤이었다. 어설프게 묶인 붕대 밑에선 피가 조금씩 조금씩 새고 있었고 너는 내 침대에 고개를 숙이고 선잠을 자고 있었다.

나는 나쁜 일만 예지할 수 있다. 최악의, 아주 최악의 것만. 불현듯 찾아오는 직감처럼, 절대 이성으로 이해할 수 없는 계시처럼.

이건 진짜 내 평생 보았던 예언 중에 최악이었다. 그러고도 더 최악인 것이 남아 있었다.

나는 곧 일어날 일을 예지했다. 나는 죽을 것이다.

내 죽음을 예지하는 감각은 여태까지 보았던 그 어떤 나쁜 예언보다 더 끔찍했다. 길어야 1시간밖에 남지 않았다. 온몸으로 생생히 느껴졌다. 나는 죽는다. 그다음에 보이는 것은 어둠, 온통 어둠뿐이었다. 온몸에 힘이 빠졌다. 치미는 오한으로 입술이 경련하듯 떨렸고 눈앞에는 미친 나비 떼 같은 얼룩이 떠다녔다. 그 증상이 죽음의 징조인지, 아니면 다른 어떤 것, 가령, 타오르는 분노 때문에 나타나는 것인지 알 수 없었다.

어째서?

나는 이를 악물고 잠든 너를 내려다보았다. 내가 죽으면 너는 아주 잠깐은 울겠지. 하지만 그다음은? 너는 계속 살아갈까? 나를 배신할까? 나와 지냈던 시간이 아주 찰나의, 의미 없는 순간으로 지나 보내고.

눈가가 뜨거워졌지만 눈물을 흘리고 싶지 않았다. 나는 화가 났다. 소리를 지르고 싶은 감각이 온몸을 지배했고 하마터면 그 충동을 따를 뻔했다. 마지막 순간 나는 피가 나도록 입술을 깨물고 천천히 분노의 감정을 더듬었다. 새빨갛게 달아오른 강철 실의 끝을 피범벅이 된 손가락으로 더듬어 올라간 그 끝에는 질투가 있었다. 추하게 일그러진 멍청한 질투심. 내 오랜 친구여.

나는 너를 내려다보았다. 파란 머리카락 사이로 한때 내가 마음껏 얼굴을 파묻었던 하얀 목덜미가 보였다. 그

때 나는 내가 무엇을 하고 싶은지 깨달았다.

캐시.

한때 네가 나를 그렇게 불렀지, 캐시.

내가 카산드라와 같다고. 아무리 불길한 미래를 소리쳐 예언해도, 아무도 귀담아듣지 않는다고. 심지어 너조차도.

하지만 카산드라는 불행했지만 나는 그렇지 않았어. 나는 나의 삶을 살았지. 그리고 그것에 만족했어. 카산드라는 아가멤논의 욕실로 따라 들어가며 그는 스스로의 죽음을 예지했지만 아무것도 하지 않았어. 복수도 저항도 시도하지 않았지. 뭔가 시도했다고 하더라도 아무것도 달라지지 않았을지 몰라. 그는 불행한 예언자였으니까. 하지만 내가 그와 같은가? 나는 언제나 내 예언을 부수고 미래를 다른 방향으로 틀었는데?

아니야. 코로니스의 이야기를 알아? 물론 알겠지. 그리스 신화에 대해 내게 말해준 것은 너였잖아. 여태 만화책 한 권 안 보고 뭐했냐고 웃다가 내 어린 시절에 대한 이야기를 듣고 얼굴을 굳힌 것도 너였잖아. 그런데 어떻게 이럴 수 있지? 코로니스, 테살리아의 공주. 포이보스는 코로니스를 사랑했지만 그가 자신을 버리고 인간 남자에게 가려고 하자 화살을 쏘아 죽였어. 그게 아폴론의 이야기야. 질투하는 신. 캐시의 예언을 아무도 믿지 않게 된 것도 그의 질투 때문이 아니었던가?

나는 캐시가 아니야. 나는 그의 질투심 많은 연인이야. 카산드라는 일리움이 불타기 직전 사람들에게 목놓아 진실을 외치며 그들을 구하고자 했지만, 델포이의 쇠락 앞에서 아폴론은 자신의 파멸을 예견하는 예언을 남기고 아무것도 하지 않았어. 그의 오라클은 죽고, 신전은 무너지고, 예언의 샘도 그대로 쇠락하고 말라버렸어. 멍청하고 어리석은 작은 신. 그러나 불행하지 않은 포이보스 아폴론.

그리고 나는 그만큼이나 멍청해. 너도 알잖아?

나는 손을 더듬어 생존 키트를 움켜쥐었다. 온몸에 힘이 없는 지금, 그건 극한의 정신력을 요구하는 일이었다. 키트 안에 무엇이 들어있는지 손바닥처럼 훤히 알고 있었다. 내가 만들어 둔 것이었으니 당연한 일이다.

로프가 손에 잡혔다. 덫, 올가미, 매듭, 어떤 용도로도 활용할 수 있는, 내 양팔만큼이나 튼튼하고 믿을 수 있는 밧줄이었다. 나는 그것을 꺼냈다. 그리고 네 목덜미를 바라보았다. 한때 오직 나만이 만질 수 있던 새파란 머리카락이 늘어진 가는 목.

할머니는 신이 나를 보내주었다 믿었다. 할머니가 믿은 것은 거대하고 전지전능한 유일신이었고 나는 그의 사제이자 예언자이자 선지자였다. 만약 내게 미래를 보여주었던 것이 그 전능한 신이었다면, 야훼든 제우스든 빌어먹을 아후라 마즈다든 그자는 나에게 무엇을 원했던 걸까? 내가 사람들에게 경고해 그들을 살리길 바랐나? 절대 막을 수 없는 재앙을 막길 바랐나? 내가 좀 더 영리하게 행동했다면, 좀 더 부지런했더라면 사람들에게 내 예지가 진짜라고 믿게 할 수 있었을까? 그럼 사람들은 좀 더 제대로 된 대비를 할 수 있었을까? 하지만 모든 가정들 중 어느 것도 현실이 되지 않았고 나는 지금 여기, 초라한 방 안에서 죽어가고 있다. 나는 이를 악물고 로프를 둥글게 말았다.

마지막 순간, 흐려지는 시야와 손끝에 전해지는 끔찍한 진동을 느끼며 나는 누군가를 향해 생각한다.

일이 이렇게 끝나서 미안해. 하지만 당신이 사람을 잘 못 골랐던 거야. 내가 좀 더 똑똑한 사람이었더라면 우리 모두에게 좋았을걸.

시네필(들)의 마지막 하루

김도연

단편영화 「연애담」, 「뽁뽁이」 등을 연출하였고 다큐멘터리
영화 스탭으로 일해왔다. 「시네필(들)의 마지막 하루」는
첫 번째 소설이다.

"저는. 시네필이. 아닙니다."

현이 말문을 열자마자 승필은 '이 인간 또 시작이구나.' 라는 표정을 지었다.

"나는 시네필이 아니야."

현이 단호하게 말했다.

"물론 시네필을 광의의 시네필로 정의하자면, 나도 시네 필이긴 하지. 그건 인정하는데…… 어쨌든 내가 영화를 좋아하니까. 하지만 보통 사람들이 시네필이라고 말하는 개념에, 나는 부합하질 않거든. 예를 들어 하워드 혹스나 멜빌한테 관심 없는 시네필이라는 게 말이 돼? 게다가 나는 라브 디아즈 영화도 한 편도 안 봤고, 페드로 코스타도 별로 안 좋아해. 사실 이 정도조차도 요즘 어린 시네필 애들한테는……"

현은 줄줄 흘러나오던 말을 멈추더니 이마를 찌푸렸다. 아 나도 어느새 꼰대가 다 되었구만.

"요즘 그…… 분들……한테는, 되게 대중적이고 이미 유행이 지난 취향이라고. 난 요 몇 년간 전주나 칸 영화제 감독들 이름을 봐도 하나도 못 알아본다니까?"

현은 의기양양하게 승필을 보았지만, 승필은 창밖의 하늘만 쳐다보고 있었다. 현도 덩달아 창밖을 보았다. 하늘은 지금 노란빛이 감돌았다. 초록색이 될 차례 아니었던가? 뉴스에서 오늘 하늘색의 변화와 시간대에 관하여 몇 번이고 설명을 해주었지만, 현은 그 순서가 언제나 헷갈렸다. 알게 뭐람. 알람이 몇 시간 남았는지 일일이 확인해봤자, 불안하기만 할 뿐이다. 알람이 울릴 때까지 잊고 있는 게 낫지.

"최신 영화를 줄줄이 꿰고 있다고 해서 진정한 영화광이 되는 건 아니라며?"

승필이 현을 쳐다보며 되묻고 있었다.

"구글이랑 토렌트가 존재하는 시대에 데이터베이스로 겨루어봤자 의미가 없다고, 네가 그러지 않았어?"

"내가?"

현이 자기 자신을 손가락으로 가리키며 반문했다. 그런 적은 없었던 거 같은데.

"너랑 국립현대미술관 서울관 영화 보러 갔을 때 떠들다가 쫓겨났잖아. 그때 했던 얘기가 그 얘기였던 거 같은데."

어렴풋이 기억이 떠올랐다.

"쫓겨난 건 아니지."

현이 정정했다.

"조용히 해달라고 주의를 받았을 뿐이지."

"그거나 그거나. 쫌 민망하더라. 나 평소에 영화관에서 떠드는 애들 엄청 욕했는데."

"네가? 남의 욕을 한다고?"

승필은 어쩐지 아련한 표정이었다.

"왜 인터넷에선 좀 세게 말하게 되잖아? 실은 나 그런 애들 욕하다가 경고 먹고 커뮤니티 탈퇴도 당해봤어. 두 번이나."

"세상이 끝나려니까 별걸 다 알게 되네."

재한테 저런 면이 있는 줄은 몰랐는데. 하긴 나도 트위터에서는 온갖 사람들을 조리돌림 했지. 현은 생각했다. 그 사람들은 지금쯤 다 뭘 하고 있을까? 마지막 순간까지 해시태그 같은 걸 올리고 있진 않을까? '#세상은_끝나지_않는다' 같은?

"너는 뭐 고백하거나 말하고 싶은 거 없어? 나한테 말하기 민망하면 트위터에라도 올려봐. 알 게 뭐야 오늘이 마지막인데."

현은 승필의 권유를 듣고는, 최근 며칠 동안 트위터에서 본 온갖 난잡스럽고 추잡한 고백들을 떠올렸다. 그 와중에 더 놀라운 것은, 이 마지막 순간까지도 사람들은 그런 트윗을 가지고 토론을 하고 싸움을 하더라는 점이었다. 이제 다 끝나는 마당에 고양이 사진 같은 거나 올리면 얼마나 좋아.

하지만 고양이 사진보다 그런 고백들이 더 흥미롭기는 했다. 그 사람들이 그렇게까지 지저분한 비밀을 안고 사는 줄 누가 알았겠어? 처음엔 편의점에서 봉투만 훔친다는 귀여운 도벽 정도로 시작된 고백이, 언제부턴가 더러

순 이야기나, 섹스 이야기나, 더러운 섹스 이야기 쪽으로 흘러가 버렸다. 이제 시간도 얼마 남지 않은 마당에, 친구의 반려뱀이랑 관계를 맺다가 들켰다는 고백을 내가 대체 왜 읽어야 한담.

꼭 부산영화제에서 보는 거장들의 영화 같단 말이야. 현은 영화제만 가면 꼭 보게 되는, 주인공이 똥을 싸거나, 무의미한 섹스를 하거나, 혹은 똥을 싸고 무의미한 섹스를 하던, 소위 '거장'들의 영화를 떠올렸다. 그런 게 인간의 본질적인 욕구라면, 역시 거장들은 우리 범부들이 보지 못하는 본질을 꿰뚫어 보는 것이었을까. 술자리에서 거장 감독들 욕하고 다닌 게 좀 미안해지는군.

"아니, 난 절대로 그런 트윗은 안 올릴 거야."

현은 쓸데없는 생각을 마침내 멈추고는 손을 내저었다.

"생의 마지막 순간에 조리돌림을 당하고 싶지는 않아."

아, 지금 이 말을 트윗으로 올리면 재미있겠는데? 현이 무의식적으로 트위터 앱을 열려는 순간, 전화벨 소리가 시끄럽게 울렸다.

"야 이 새끼야! 너는 어떻게 전화도 한 번을 안 하냐!"

귀를 찢는 목소리에 현이 얼굴을 찌푸리며 핸드폰을 멀리 떨어뜨렸다. 승필이 들릴락말락 한 목소리로 물었다. 수영이야? 현은 조용히 고개를 끄덕였다.

"네가 서운해한다니 쫌 감동인데?"

"네가 서울에 혼자 있는 거 뻔히 아는데, 그래도 마지막으로 인사는 해야 할 거 아니야?"

수영은 조금 누그러진 목소리였다.

"바쁘지 않으면 얼굴이나 잠깐 보자. 혼자서 마무리 하고 싶은 거면 싫다고 해도 괜찮아."

문득 궁금증이 들었다. 이 세상에서 오늘 바쁜 사람이 있기는 할까? 하지만 현은 생각을 고쳐먹었다. 그 반대겠구나. 오늘은 이 세상 모든 사람들이 바쁜 날이겠네.

"상관없어. 우리 집으로 올래? 승필이랑 같이 있기로 했거든."

수영이 잠시 말을 멈추더니 어리둥절한 듯 물었다.

"걔는 가족들이랑 같이 안 있고 너랑 있는 거야?"

"응, 오면 설명해 줄게."

현은 전화를 끊고 수영에게 집 주소를 보냈다. 마지막 날까지 전화가 통한다니 다행이지 뭐야. 아마도 생의 마지마 날 사랑하는 사람과 통화하고 싶은 사람들을 위해 통신망이 유지되고 있는 것이겠지. 과연 통신망이 유지될 수 있는 것이, 그만큼 자동화가 이루어져 있기 때문인 건지, 아니면 다른 사람들을 위해 생의 마지막 날을 희생하고 있는 사람들 덕분인 건지 궁금했다.

'나라면 아무리 의미 있는 일이라도, 지구가 끝나는 날까지 출근을 하고 싶지는 않을 거 같아.'

마치 소나기가 지나가듯이, 하늘이 청록색으로 변했다가 정상으로 돌아온 것은 넉 달 전의 일이었다. 그리고 그다음 날, 노을이 질 시간도 아닌데 맑은 하늘은 갑자기 보라색으로 변했다. 하늘의 색이 변하는 현상은 점점 더 자주, 그리고 길게 일어났다. 사람들은 대기 오염과 미세 먼지로 인한 현상이라고 생각했다. 사람들은 지구 온난화로 인한 이상현상이겠거니 생각했고, 인스타그램에는 '#도심 속의_오로라'라는 해시태그와 함께 온갖 색깔의 하늘 사진이 유행했다.

점점 색이 화려해지고 변화무쌍해지면서, 사람들은 사진을 찍는 대신 걱정을 하기 시작했다. 전 세계의 전문가들이 이런저런 가설을 내놓았지만, 그중에서 말이 되는 것은 하나도 없었다. 언제나 그렇듯 사람들은 전문가들을 무시했고, 온갖 음모론만 나돌기 시작했다. 그러나 이번엔 그럴듯한 음모론을 짜맞추기조차 힘들었기에, 음모론을 올리는 유튜버들도 큰돈을 벌지는 못하였다.

나사에서 중대 발표를 한다는 속보가 떴을 때까지만 해도, 사람들은 매번 그렇듯이, 과학적으로는 큰 의미가 있지만 일반 대중들한테는 별 흥미를 끌지 못하는 소식일 거라고들 생각했다. 하지만 미 항공우주국 국장이라는 사람이 나와 심각한 표정으로 메시지를 전달했을 때, 세상 모든 사람들은 더 이상 웃을 수가 없었다.

"우리 미 항공우주국은, 외계인이 존재하며, 그들과 교신했음을 전 세계에 알립니다."

기자석은 물론, 이 방송을 보고 있던 전 세계가 동시에 조용해졌다.

"지금의 이 현상은, 지구의 모든 인류를 소거하고, 지구를 빈 땅으로 만들기 위한 전조 현상입니다."

인류가 멸망한다고? 1999년, 아니 그 이전 선사시대부터 모두가 준비해왔지만 한 번도 진짜였던 적 없던 소식이, 전 세계 사람들의 머리를 상타했다. 혼란에 빠진 사람들 앞에 발표는 계속되었다. 외계인들이 만든 행성을 테라포밍하는 장치가 오류를 일으켜, 엉뚱한 태양계까지 흘러들어왔고, 지구를 테라포밍하기 시작했고, 하늘의 색깔이 변하는 것은 그 장치의 스탠바이가 시작되었다는 신호라는 것이었다.

"비유하자면, 오븐을 데울 때 예열을 하는 것이라고 생각하시면 됩니다."

기자석 어딘가에서 오븐은 빨주노초파남보로 빛나지 않는다는 지적이 나왔지만, 나사 국장은 마이크가 꺼져서 못 들은 척했다. 어쨌든 지금부터는 희망찬 메시지를 전달할 차례이기에, 다른 사람들의 페이스에 말려들고 싶지는 않았던 것이다. 국장은 1시간 전부터 연습했던 그대로, 갑자기 밝고 화사하며 어색한 미소를 지으면서, 들뜬 목소리로 분위기를 바꾸어갔다.

"하지만 여러분! 걱정하실 필요 없습니다!"

방송을 보고 있던 전 세계 모든 시청자들이, 아 저 사람 너무 오바하는데 ― 라는 표정을 지었다. 그러나 나사 국장은 다른 사람들의 표정 따위 신경 쓸 겨를이 아니었다. 외계인들은 이미 이 오류를 발견하였고, 곧 태양계에 도착해 테라포밍 장치를 정지할 것이며, 우리 인류는 걱정할 것이 없다는 발표가 이어졌다. 문제의 외계인들은 '기왕 사고가 일어난 김에' 우리에게 사과도 할 겸, 자신들의 계획보다 더 일찍 인류와의 접촉을 진행할 것이며, 인류와 외계인 간의 위대한 우정이 곧 시작된다는 것이 나사의 발표였다.

이윽고 기자들의 집요하고 필요하지만 쓸데는 없는 질문들이 이어졌다.

"진짜 외계인이라는 증거가 있습니까?"

"외계인들이 정말 우호적이라는 걸 어떻게 확신할 수 있죠?"

여기까지는 의외로 논리적이고 설득력 있는 답변이 이어졌다. 어쨌든 지금 같은 상황에서, 사람들은 절망적인 최악의 상황을 걱정할지라도, 일단은 긍정적인 희망을 믿고 싶어 하기 마련이니까. 하지만 그 뒤의 질문들은, 충분히 예상한 것들임에도 불구하고, 누구도 제대로 답변하지를 못했다.

"왜 하필이면 하늘 색깔이 변하는 거죠? 유의미한 패턴이 있나요?"

"테라포밍의 목적은 뭔가요?"

"테라포밍하는 장치라는 게 얼마나 거대하고 지금 어디에 위치하고 있나요?"

"그럼 식물도 모두 죽는 건가요? 아니면 포유류만? 인간만 죽고 유인원은 살아남는 건가요?"

"죽을 땐 어떤 식으로 죽게 되는 거죠?"

땀을 뻘뻘 흘리는 나사 국장의 변명은, 통신이 너무 짧았기 때문에 자기들도 질문할 여유가 없었다는 것이다. 어느 기자가 나사 국장을 향해 당신은 직장에서 업무통화하는 방법도 제대로 안 배웠냐고 물었을 때, 국장은 금방이라도 눈에서 레이저를 발사할 것 같은 표정으로 기자를 째려보았다. 기자회견은 대충 어수선한 분위기로 끝이 났다.

어쨌든 외계인은 존재하고 그들은 우리의 친구라는 소식에, 인류는 대체로 환호하는 분위기였다. 특히 외계인을 믿는 사이비 종교들은 축제 분위기였는데, 그 종교들이 서로의 존재를 알게 되면서 축제는 전쟁으로 바뀌었다. 저마다 외계인의 모습은 이렇게 생겼을 거라고 주장하며 온라인에서 격돌을 벌이는 모습에, 사람들은 짜증을 내게 되었다. 모든 국가의 외교부는 외계부서를 준비하기 시작했고, 모든 영화 사이트에서 「미지와의 조우」와 「이티」의 판매량이 급격하게 늘어났다. 공중파와 케이블에서 외계인과 관련된 온갖 삼류 영화들을 줄기차게 틀어대는 바람에, 거기에 질린 OTT 가입자 숫자만 폭발적으로 늘어나 버렸다.

분위기가 바뀐 것은 불과 며칠 뒤였다. 이번에도 속보로 뜬 나사의 중대 발표를, 전 세계 사람들은 기대에 가득 찬 채 지켜보았다.

"전 세계의 여러분 죄송합니다."

나사 국장은 밤새 한숨도 못 잔 얼굴로, 눈물을 뚝뚝 흘리고 있었다.

"외계인들은 태양계에 제때 도착하지 못한다고 합니다."

아 이래서 중요한 약속이 있으면 30분 일찍 출발해야 한다는 거구나. 전 세계 사람들은 약속 시간의 중요성을 이렇게 실감했지만 이미 늦어버렸다. 우주선 정비를 똑바로 안 해놓은 어떤 멍청한 외계인 정비사와, 태양계로 출발하는 스케줄을 너무 여유 있게 잡은 어떤 멍청한 외계인 공무원 덕분에, 인류는 이렇게 널방하게 되었다.

"그들이 기술을 알려주면 우리가 멈출 수는 없나요?"

지푸라기라도 잡으려는 기자들이 물었지만, 지금 우리의 기술력으로는 테라포밍을 멈추긴커녕 그 장치에 접근하는 것조차 불가능하다는 답변만 돌아왔다. 알고 보니 지난 며칠 사이, 이미 나사는 '테라포밍 장치를 우리가 직접 멈추어서 외계인들에게 인류의 발전된 과학 문명을 과시하자'는 계획을 세웠다가, 불쌍한 몇몇 과학자들만 가루로 바사삭 부서져 버린 모양이었다.

"그나마 다행이라면."

나사 국장은 애처로운 얼굴로 말했다.

"실제의 테라포밍 장치는, 그런 식으로 인간을 가루로 만들지는 않는다고 합니다."

"그럼 우리는 어떤 식으로 죽게 되는 건가요?"

국장은 이번에도 제대로 대답하지 못하였다. 짜증이 난 기자 하나가 앞으로 뛰쳐나가면서 기자회견장은 아수라장이 되었다. 보통 이런 일이 벌어지면 방송을 중단하기 마련이지만, 방송국 사람들도 너무 충격을 받았는지 기자회견장이 개판이 되도록 아무도 중계를 멈추지 않았다.

전 세계의 사람들은 나사 기자회견장에서 벌어지는 추접스러운 싸움판을 멍하니 감상할 수밖에 없었다.

의외로 사람들은 금방 적응했다. 사람들은 넉 달 동안 해야 할 버킷 리스트를 작성하기 시작했다. 모든 영화 사이트에서 「인디펜던스 데이」와 「우주전쟁」, 「2012」의 판매량이 급격하게 늘어났다. CGV 극장에서는 외계인 침공 특집이라며 「문폴」 아이맥스 재개봉을 추진하다가 빈축을 샀다. 지구 멸망을 다룬 영화라면 더 나은 게 많을 텐데, 하필이면 개봉한 지 몇 주도 안 되어 모두의 기억에서 잊힌 그 영화냐는 거였다. 하지만 재개봉 결과, 전국의 모든 아이맥스관은 첫날 전석이 매진되어 버렸다.

뉴스마다 지구 멸망 재난 영화들을 자료 화면으로 쓰면서, 영화에 나오는 지구 탈출 방주가 가능한지에 대해 '백분토론'이 벌어졌다. 하지만 과학자가 아닌 소위 '논객'이랑 정치인들을 내보내는 바람에 방송국에는 항의 전화가 빗발쳤다. 사람들은 '이래서 한국은 안 돼'라는 반응을 보였지만, 알고 보니 전세계에서는 비슷한 일들이 벌어지고 있었다. 답이 없다는 걸 아는 과학자들은 입을 다문 대신에, 온갖 잡스러운 사람들만 튀어나와 떠들어대기 시작한 것이다. 그나마 몇몇 뉴스에서는, 테라포밍의 과정과 카운트다운에 대한 전문가들의 설명이 매일 업데이트 되고 있었다. 하지만 이것도 우리 인류가 알아낸 것이 아니라, 외계인들이 통신으로 알려준 내용을 앵무새처럼 반복하는 것일 뿐이었다. 그 외계인들이 보내오는 통신은 매번 정말 미안하다는 사과로 끝났는데, 사람들은 슬슬 그 사과조차 좀 짜증 난다고 생각하게 되었다. 급기야는 '외계인'이라는 단어가 욕으로 쓰이는 지경에 이르렀다.

어쨌든 일부 사람들은 지구를 탈출하는 방주에 대해 진지한 기대를 하고 있었다. 하지만 나사에서는, 다른 행성으로 이주할 수 있는 계획은커녕, 현재 날릴 수 있는 유인우주선조차 하나도 없다는 공식 입장을 내놓았다. 낭만적인 낙관론을 품고 있던 사람들조차 패닉에 빠지기 시작했다. 러시아도 곧이어 비슷한 입장문을 발표했지만, 우크라이나 침공으로 엉망진창인 군사력이 들통나버린 이후인지라, 이쪽에는 다들 심드렁한 반응이었다.

일론 머스크가 스페이스X 개발을 추진한 것이 바로 이때를 위해서라는 루머가 돌기 시작했고, 부유층들만을 위한 우주 방주가 이미 완성되었다는 말까지 돌았다. 하지만 기대와는 달리 일론 머스크는 트위터를 인수하는데 돈을 다 써버린 모양이었다. 사람들은 그 말을 믿지 않았고, 부자들은 우리 몰래 이미 탈출 계획을 세우고 있을 거라고 믿었다. 심지어 일론 머스크가 트위터를 엉망진창으로 운영했던 이유가, 바로 우주 방주 개발에만 집중했기 때문이라는 루머까지 돌았다. 하지만 나란히 손잡고 나타난 머스크와 저커버그를 시작으로, 전 세계의 부자들이 방주를 타고 우주로 향하는 대신 스위스에 있는 안락사 기계로 향하기 시작하면서, 사람들은 정말로 기대를 버리기 시작했다.

이제 화두는 어떻게 하면 품위 있게 죽느냐였다. 지구의 마지막 순간을 보고 싶다는 사람들과 그 전에 편하게 가고 싶다는 사람들로 패가 갈라졌다. 한국의 홈쇼핑에서도 스위스 안락사 여행 상품을 팔기 시작했지만, 동사무소에서 안락사 약을 나눠준다는 소식이 들리면서 유행은 빠르게 사그라들었다. 코로나 사태 때 마스크랑 백신을 위해 만들어졌던 시스템은, 안락사 약을 나눠주는 데 꽤 유용하게 쓰였다. 안락사하러 스위스에 갔던 현의 이모도 알프스 구경만 실컷 하고는 다시 돌아왔다.

"영화에서 본 기령 별 차이 없더라. 그래도 죽을 땐 한국에서 죽는 게 낫겠더라고."

현은 이모의 말에 동의하기 힘들었다. 취리히 호수나 마터호른을 바라보면서 죽는 게, 재개발 아파트 옆 동을 보면서 죽는 것보다는 낫지 않나? 하지만 마지막까지 싸우기는 싫었기 때문에, 현은 이모가 약을 먹기 전날 황금올리브치킨을 나눠 먹으며 「극한직업」을 함께 보았다. 현은 그 영화가 끔찍하게 싫었지만, 이모를 사랑했기에 자연스럽게 웃는 척하는 건 그리 어렵지 않았다. 이모가 잠든 모습을 보며 엄마한테 전화를 해야 하나 잠시 고민했지만, 엄마가 우는 소리까지 들으면 참기 힘들다는 생각에 현은 조용히 그 방을 나왔다.

'그게 벌써 지난 주말이었구나.'

어느새 도착한 수영은 승필과 함께 편의점 팝콘을 뜯어 먹고 있었다.

"우리 집 기독교 믿는 거 알지? 세상에, 세상이 끝나가는 마당에 다 같이 기도를 하자는 거야! 내가 이 판국에까지 그걸 참아줄 수는 없는 거 아니겠어? 그래서 있지도 않은 애인을 보러 가야 한다는 핑계를 대충 대고 집을 나왔지. 엄마 아빠랑 마지막을 같이 못 하는 건 아쉽지만, 마지막 순간까지 싸우는 것보다는 낫다고 생각했거든."

수영은 어깨를 으쓱해 보였다.

"그래도 후회는 없어. 엄마 아빠랑 부둥켜 울면서 헤어졌더니 오히려 속은 시원하더라. 충무로 신파영화 같았다니까? 근데 현이 얘는 가족들이 서울에 없으니 그렇다 치고, 승필이 너는 집에 안 가도 괜찮아?"

"마지막 날인데, 집에 있지 말고 나가서 재미있게 보내라고 하더라고."

"의외네? 우리 집은 내가 나갈 때까지 되게 뭐라고 하던데."

"우리 집은 아니더라. 용돈까지 주던데? 이 판국에 돈 쓸데도 없는데 참."

승필의 말 그대로였다. 어차피 지금 시점에서 세상 모든 것들은 둘 중 하나였다. 돈이 없어도 얻을 수 있거나, 돈이 있어도 얻을 수 없거나.

"아니 그래서,"

수영은 갈릭맛 팝콘을 우적우적 씹어먹으며 말했다.

"너네는 세상이 끝나는 마지막 날 같이 모여서 영화를 보고 있는 거야?"

"영화를 보는 게 아니라 찾는 중이야."

현은 맥북프로에 떠 있는 토렌트 상태창을 보며 말했다. 여전히, 아무것도 다운로드되지 않고 있었다.

"제목이 뭐라고?"

"「발레리의 기이한 일주일」"

"처음 들어보는데."

수영은 눈살을 찌푸렸다.

"개봉한 적이 없어서 국내 제목이 좀 다를 수도 있어."

"들어본 거 같기는 해. 근데 기억이 안 나네."

"아마 체코 영화였을 거야. 정확하진 않지만."

수영은 의외라는 듯 물었다.

"너는 예술영화 별로 안 좋아하는 줄 알았어. 난 네가 지금쯤 아이맥스에서 놀란 특별전 같은 거 보고 있을 줄 알았거든."

"아, 그건 지난주에 이미 봤어."

승필은 손사래를 쳤다.

"오늘도 입석까지 꽉 찼다더라. 세상에. 그 극장 계단에 사람이 그렇게 많이 앉을 수 있는 줄 몰랐지 뭐야. 에어컨을 틀어대도 땀이 뻘뻘 나더라고."

　세상의 마지막 날이 다가오면서, 재난영화 붐도 사그라들고, 사람들은 그동안 못 봤거나 또 보고 싶은 영화를 찾기 시작했다. 넷플릭스에 수십 개의 영화를 찜해놓고 보는 걸 미루고 있던 사람들은, 이제 진짜로 밀린 영화를 보기 시작했다. 애플 티비 플러스와 아마존과 왓챠와 기타 모든 OTT들이, 지구 종말 기념으로 모든 요금제를 무료로 전환했다. 크라이테리언과 셔더와 무비 같은 서비스도 VPN 없이 전 세계 시청을 허락했다. 처음엔 사람들이 몰리면서 모든 OTT가 다운되는 해프닝도 있었지만, 다들 화질을 저화질 옵션으로 바꾸면서 좀 끊겨도 그런대로 볼만해졌다. 어쨌든 인구는 빠르게 줄고 있었으니까 말이다.

　극장과 수입사들도 막판이 되자 쥐고 있던 영화를 다 풀어버렸다. 「블루 루인」이나 「그린 룸」처럼 수입만 해놓고 개봉 안 했던 다양성 영화들이 극장에 풀렸다. 그동안 창고에만 머물러있던 한국 영화들도 질세라 우르르 쏟아져나왔지만, 시립들이 오히려 짜증을 내면서 그 영화들은 다시 영원히 창고로 들어가 버렸다. 그렇지만 세상이 멸망하는 와중에도 「펄」이나 「이블데드 라이즈」처럼 개봉 안 한 공포 영화들은 끝까지 극장에 걸리지 않았기에, 호러 마니아들은 지구가 멸망하기 전에 우리 장르부터 멸망했다며 한탄했다.

세상의 마지막까지 목소리가 컸던 쪽은 덕후들이었다. 4DX로만 상영했던 「신 에반게리온」을 갑자기 돌비 시네마에서 틀어주더니, 「아키라」와 「공각기동대」까지 극장에 걸렸다. 어느 정신 나간 오타쿠 수입업자가 다짜고짜 일본에 가서 돌비 시네마 프린트를 강탈해왔더라는 소문이 돌았다. 이에 질세라 「퍼스트 슬램덩크」와 「스즈메의 문단속」 같은 영화들이 마지막 재개봉을 불태우더니만, 서울 신도림의 어느 극장에서는 이제까지 나온 짱구 극장판과 코난 극장판을 전부 다 틀기에 이르렀고, 급기야는 웬만한 오타쿠들조차 제목을 처음 들어보는 온갖 마이너한 애니메이션과 일본 특촬 영화들을 다 틀어주기 시작했다.

한편 용산 아이맥스에서는 사람들이 보고 싶어 하던 대중 영화들 위주로 무료 특별전을 시작했는데, 사람이 너무 많이 몰리면서 2주째부터는 예매 방식이 추첨으로 바뀌었다. 계단까지 사람이 가득 차 바글바글했지만 의외로 상영관에 안전사고는 없었다. 다만 놀란파와 마블파와 빌뇌브파가 시간표 문제로 싸우면서 경찰이 출동하는 일이 있었는데, 화가 난 극장 매니저가 다시 「문폴」을 틀어버리면서 상영관은 더 아수라장이 되어버렸지만, 극장에서 꿍쳐놓은 한정판 포스터를 나눠주면서 분위기는 대충 무마되었다고 한다.

"세상이 멸망하는 와중에 극장에서 상업영화만 보고 있으려니까 이게 뭔가 싶더라고. 그래서 내가 안 본 영화 중에 보고 싶었던 걸 마지막으로 봐야겠다고 생각했는데…… 가장 보고 싶던 영화가 하나 있는데 그게 영 생각이 안 나는 거 있지. 근데 두 번째로 보고 싶던 영화가 바로 「발레리의 기이한 일주일」이야. 그 영화 결말이 너무나 궁금한 거야. 예전에 토렌트로 다운받아 봤는데, 파일이 깨져서 보다가 말았거든."

"니네 같은 애들 때문에 대한민국 이차판권 시장이 망한 거야! 다들 다운받아 보는데 누가 예술영화를 팔려고 하겠어?"

수영이 경멸하는 표정을 지었지만, 두 사람은 못 본 척
했다.

"그래서 나한테 찾아온 거야. 사실 내가 그 영화 블루
레이를 지난달에 주문했었거든. 얘한테 하도 얘기를 듣다
보니 궁금해져서. 근데 너도 알다시피 우체국이랑 택배들
이 배송을 다 종료했잖아. 그래서 못 받았지. 토렌트도 이
젠 안 뜨더라고. 얘는 그래도 내가 시네필이니까, 안 봤어
도 내용을 알지 않냐면서……"

현이 어깨를 으쓱하며 끼어들었다.

"그치만 나는 시네필이 아니라서 얘가 기대한 것만큼
도움이 되진 않는다는 거지. 지금 그 얘기를 하고 있었어."

수영이 코웃음을 쳤다.

"매년 부산영화제를 가는 네가 시네필이 아니면, 누가
시네필이야?"

현은 수영을 째려봤다.

"난 영화제에서 하루에 영화를 두세 편밖에 안 보고,
남는 시간에 맛집도 찾아다닌다고. 진짜 시네필들은 하루
에 영화를 네 편 이상 보는 게 정상이야."

승필과 수영이 어이없는 표정을 지었지만 현은 아랑곳하지 않았다. 그러고 보니 작년에 수영이 하소연했던 때가 떠올랐다. 지는 전주영화제 못 가서 우울하다면서 우는소리를 했던 주제에.

"너야말로 진짜 시네필이잖아. 나보다 영상자료원을 더 자주 가지 않았어?"

갑자기 지목받은 수영이 당황했다.

"그건 우리 집이 가까워서 그랬던 거고."

수영은 승필에게 화살을 돌렸다.

"얘야말로 진짜 시네필 아니야?"

"내가?"

승필은 마피아 게임에서 억울하게 지목당한 사람처럼 눈을 동그랗게 떴다.

"너 「듄」을 아이맥스에서만 네 번 봤잖아."

"맞아. 너는 영화 볼 때마다 모은 포스터를 파일로 정리까지 했잖아. 난 A3 사이즈 클리어 파일이 있다는 걸 너 때문에 처음 알았다."

승필은 코웃음을 쳤다.

"겨우 네 번인데? 일곱 번 열 번 본 사람들도 있다고. 아마 더 많이 본 사람들도 있을걸? 나 성노는 상위권에도 못 껴. 그리고 포스터 좀 모으려고 다회차 관람하는 사람이 진정한 시네필이라고 할 수가 있어?"

현이 미간을 찌푸렸다. 대체 진정한 시네필에 대한 이 쓸데없는 논쟁이 왜 시작된 거지?

"지금 우리 되게 무의미한 대화만 되풀이하는 게, 유행 지난 20년 전 선댄스 독립영화 같지 않아? 그리고 보통 사람들은 기껏해야 영화를 한 달에 한 편 정도 볼걸?"

"아니 1년에 4.37편을 본대. 평균이."

수영이 쟤는 어떻게 저런 쓸데없는 걸 다 기억하는 걸까? 하지만 옆에 있던 승필이 더 쓸데없는 질문을 던졌다.

"근데 올해는 오늘로 끝이잖아. 그럼 올해 영화 관람객 수 평균은 어떻게 계산하지?"

갑자기 세 사람이 조용해졌다. 수영이 조심스럽게 답했다.

"아무도…… 계산을 못 하지 않나……? 남는 사람이 없을 테니까."

수영은 분위기를 바꿔보겠다는 듯, 아이폰의 사파리를 띄우고는 검색을 시작했다.

"그래서, 너희가 찾으려는 영화 제목이 뭐라고?"

의기양양하게 내민 수영의 아이폰을 보며, 승필과 현은 멍청이가 된 기분이었다.

부천국제판타스틱영화제
『발레리에의 기이한 일주일』
상영관 CGV 소풍 10관

"부천영화제에서 이걸 틀었다고? 나 이번 부천영화제 갔었는데! 거기서 이걸 틀었다고?"

거의 비명을 지르다시피 같은 말을 반복하는 승필을 무시하고, 수영은 아이폰 화면에 뜬 영화제 정보를 보며 말했다.

"심지어 온라인 상영도 했었네? 뭐 지나간 건 지나간 거고……"

수영은 폰 액정을 톡톡 건드리더니, 이번엔 다른 화면을 띄웠다. 그 화면을 본 승필은, 폰을 붙잡으며 다시 한번 소리를 질렀다.

"이게 DVD로 나와 있었다고? 우리나라에?"

아이폰 화면에는 일라딘 샵의 상품 정보가 떠 있었다.

DVD『발레리와 그녀의 놀랄만한 일주일』
시네하우스 2018년 3월 6일 출시
할인가 19800원

"너네 정말 바보 아니야? 난 1분 만에 찾았어."

수영은 두 사람을 경멸하듯이 쳐다보았다.

"심지어 '발레리'라고만 쳐도 맨 위에 나오는데? 너넨 이 정도 검색조차 제대로 못 하는 거야?"

"내가 '발레리'라고 쳤을 땐 뤽 베송 영화 「발레리안」만 나왔는데……"

승필의 꿍얼거리는 목소리는 뒤로 한 채, 수영은 핸드폰을 돌려받고는 다시 검색을 시작했다.

"지금 와서 알라딘이나 예스24에 주문해도 소용없고, 교보문고 오프라인 매장에 가도 이런 예술영화는 재고가 없을 거야. 용산이나 테크노마트 DVD 매장은 문을 안 열었을 거고……"

이번에도 검색엔 별로 긴 시간이 걸리지 않았다. 수영이 함성을 질렀다.

"찾았다! 일단 국립중앙도서관에도 있고, 영상자료원에
도 있어!"

수영은 고개를 들고는 침착하게 말했다.

"다른 도서관은 모르겠고, 국립중앙도서관은 서고를
개방했다고 뉴스에 나오더라. 한국영상자료원도 마지막
순간까지 문을 열어놓을 거라고 들었어."

현은 감탄했다. 그런 정보를 다 알다니. 역시 쟤는 시네
필이라니까. 세 사람은 시간을 확인했다. 예고된 시간까지
는 이제 몇 시간 남지 않았다.

"둘 다 가보기엔 시간이 모자랄 거야. 어떻게 할래? 따
로따로 가볼래?"

"너도 같이 갈 거야?"

현의 물음에, 수영은 당연하다는 듯 고개를 끄덕였다.

"진짜 우리랑 같이 영화를 찾으러 갈 거야? 지구가 끝
나는 마지막 날인데, 뭐 다른 걸 하고 싶은 건 아니고?"

수영은 아무 대답도 하지 않았다. 잠시 또 침묵이 흘
렀다.

"그래도 마지막인데 따로 다니는 건 좀 그렇지 않아? 그
냥 한군데를 정해서 같이 가자."

침묵을 깬 승필이, 자신 없나는 듯 덧붙였다.

"공포영화에서도 따로 떨어져서 다니면 끝이 안 좋잖아."

현은 그거랑 그거랑은 달라, 라고 말하고 싶었지만 꾹 참았다. 어쨌든 오늘 같은 날 한 사람이라도 더 같이 있는 게 좋을 것 같았다. 집에 앉아서 불법 다운로드나 찾고 있는 것보다는 재미있을지도 몰라.

"청춘 로드무비의 시작 같지 않아?"

승필이 흥분해서 말했다.

"다 같이 모험을 시작해서, 교훈과 우정을 확인하면서 끝나는 거지! 재밌을 거 같아!"

세 사람의 모험은 하나도 재미있지 않다는 걸 깨닫는 데 그리 오래 걸리지 않았다. 일단 도심의 모든 대중교통은 정상적으로 작동하지 않았다. 마지막 순간 집에 돌아가려는 사람들을 위해 자원봉사 하는 버스가 띄엄띄엄 운행하고는 있었지만, 그걸 기다리려면 한 시간 가까이 폐허 같은 정류장에서 기다려야만 했다. 이런 날까지 운전을 해주는 분들께는 고마웠지만, 도살장에 끌려가는 것 같은 표정의 승객들과 그 버스를 같이 타고 싶지는 않았다.

어차피 걸어서 간다 해도 한 시간이 좀 넘는 거리였다. 청춘 로드무비가 되기에는 러닝타임이 너무 짧을 듯했다.

"일단 마실 걸 좀 챙겨 가지고 가자. 아까 오다가 보니까 저쪽 편의점엔 아직 뭐가 좀 남아 있더라."

수영이 가리키는 쪽에, 문이 열린 채 텅 빈 편의점이 보였다. 수많은 마트나 편의점들이 이런 식으로 장사를 멈춘 채 방치되어 있었다. 요 며칠 사이, 사람들은 차분히 줄을 서서 남아 있는 생필품들을 챙겨가고 있었다. 현은 냉장고에 달랑 하나 남아 있던 데자와를 꺼내 챙겼다. 국제 뉴스를 보면 다른 나라에서는 폭도들이 가게를 약탈하고 유리창을 부수고 있던데, 한국 사람들은 너무 착해서 탈이라니까. 현은 고개를 저었다.

솔의눈 캔을 든 수영이, 대로 한가운데서 큰 소리로 외쳤다.

"와, 이거 진짜 「매드맥스」 같은데!"

승필은 민트초코우유를 빨대로 마시다 말고 고개를 갸우뚱했다.

"그래? 나는 딱히 비슷하게 느껴지진 않아."

"샤를리즈 테론 나온 거 말고. 아주 옛날 거. 『매드맥스』 1편."

"아, 그거라면 좀 비슷하긴 하지."

현도 고개를 끄덕였다. 그러고 보니 진짜 포스트 아포 칼립스 영화의 장면 같네. 하지만 포스트 아포칼립스라니 좀 이상하다고 생각했다. 아직 아포칼립스가 오려면 몇 시간 남은 거잖아. 이럴 땐 뭐라고 해야 하지? 프리-아포 칼립스?

그때 등 뒤에서 굉음이 들려왔다. 세 사람은 재빠르게 몸을 피했고, 이윽고 쏜살같이 달리는 자동차들이 스쳐 지나갔다. 텅 빈 서울을 아우토반처럼 달리고 싶어 하는 폭주족들이었다. 그러고 보니 지난주엔 강변북로를 저렇 게 달리다가 가드레일을 통과해 한강으로 처박힌 사람도 있었다. 세상의 종말 전에 목숨을 내던진 사람 중에서도 꽤 화려한 경우였다. 대체 어떻게 하면 강변북로에서 고수 부지를 지나 한강까지 처박힐 수 있는 거지? 로켓 엔진이 라도 단 것일까. 현은 고개를 절레절레 저었다. 그런 건 분 노의 질주에서나 가능할 줄 알았는데. 어쨌든 저 폭주족 들은 사고 같은 거 안치고 오늘을 무사히 마무리하길 바랐다.

"「매드맥스」 하니까 생각났는데 말이야."

승필이 말을 꺼냈다.

"외계인들이 우리 영화를 자료로 연구하다가 그게 픽션인지 다큐인지 헷갈리면 어떡하지? 지구가 정말 그렇게 엉망진창 폭주족투성이였다고 착각하는 건 아닐까?"

"외계인들이 지구까지 와서, 영화를 본다고?"

현은 문득, 넷플릭스 서버를 복구해서 가입 절차를 밟고 있는 외계인의 모습을 상상하며 피식 웃었다. 하지만 승필은 심각한 표정이었다.

"우리도 사라진 문명을 연구할 때 그들이 남긴 기록을 찾아보잖아. 외계인들이 지구에 도착하면, 우리 인류가 사라진 것에 대해 죄책감을 가지고 뭔가 연구라도 남기고 싶어 할 거란 말이야. 그러기 위해서 보게 될 자료 중에 영상 자료가 큰 비중을 차지할 거란 말이지."

"그래도 항성 간 여행이 가능한 지적생명체들인데, 설마 다큐랑 픽션도 구분 못 하겠어?"

현의 지적에 수영이 이의를 제기했다.

"우리 인류도 달에 사람을 보냈지만 「블레어 위치」가 진

짤 줄 알았잖아."

"하긴 아직도 「곤지암」이 실화냐고 물어보는 사람들이 있긴 하더라."

승필이 평소답지 않게 능글맞은 표정을 지었다.

"나는 사실 그런 생각도 했는데, 외계인들이 오면 헷갈리도록 일부러 가짜 자료들을 남기는 건 어떨까 하고. 그놈들 때문에 우리는 멸망하는데 좀 얄밉잖아. 그렇게라도 골려주면 재미있을 거 같지 않아?"

현은 잠시 생각해봤다. 캘리포니아의 전 주지사가 정말로 미래에서 온 살인 기계인지 아닌지 토론하느라고 그들이 시간을 낭비한다면, 인류의 작은 복수가 되기는 할 것 같았다. 하지만 그런다고 무슨 소용이겠는가. 이제 우리는 사라질 것이고 그들만이 남게 될 텐데.

자동차가 거의 없는 도로를 걸어가다 보니, 네이버 지도에서 알려준 예상 도착 시간보다는 좀 더 빨리 가게 될 것 같았다. 영상자료원이 그때까지 닫지 않았으면 좋을 텐데. 승필이 네이버 지도를 확인해가며 앞서 걷는 동안, 수영과 현은 그 뒤를 따라갔다.

"현이 너는 요새 영화 많이 봤어?"

"뭐 이것저것…… 최근엔 디즈니 플러스에「만달로리안」마지막 시즌이 올라왔길래 그거 챙겨봤지. CG도 미완성이고 마지막 에피소드는 내레이션으로 때우긴 하지만."

"아기 요다 귀엽지."

"걔 이름은 '그로구'야."

수영은 현의 말을 못 들은 척 무시했다.

"난 크라이테리언 채널에서 못 본 고전들을 챙겨봤어. 마지막으로 본 게 비토리오 데 세타의 단편 다큐멘터리들이었거든. 실은 부끄럽게도 비토리오 데 시카랑 헷갈려서 찾아본 거였지만. 근데 그 영상들 보고 나니까 마음이 편안해지면서 이런 의문이 들더라. 내가 왜 이렇게 영화를 열심히 챙겨보고 있는 거지라고."

"우리, 지구가 멸망하는 마당에 꼭 예술이 무엇인가 같은 걸 토론해야 해? 그냥 연예인들 흉이나 보고 시시덕거리면 안 되는 거야?"

"난 톰 크루즈가 지구 멸망으로 죽기 전에 찾아온 모든 팬들이랑 마지막으로 악수를 해주다가 팔이 마비되었다는 뉴스를 본 뒤로, 절대 연예인들 흉은 보지 않아. 하여간. 뭔가 좀 이상하지 않아? 넷플릭스에 영화가 수백 편 있다고 꼭 그걸 다 봐야 하지는 않잖아. 그치만 그 영화가 넷플릭스에서 내려간다고 하면 그 전에 꼭 봐야만 할 거 같았던 거처럼, 지구가 멸망한다니까 갑자기 사람들이 밀린 영화를 보기 시작하는 건 이상하다는 거지."

"모든 사람들이 그렇진 않아. 수영이 너 같은 시네필들이나 그렇지."

수영은 다시 한번 확실하게, 현의 말을 못 들은 척 무시했다.

"내 얘기는, 영화를 만들고 싶어 하는 사람들의 마음은 좀 이해가 될 거 같아. 근데 예술을 향유하고 싶은 욕구는 잘 모르겠어. 미학책을 아무리 읽어도 납득이 안 되더라. 거기다가 영화를 쌓아놓고 데이터베이스처럼 소비하려는 욕구는, 그것보다 더 이해가 안 된다는 거야. 그게 예술을 향유하려는 욕구랑은 다른 건지, 일종의 강박관념에 불과한 건지도 모르겠고."

현은 그럴듯한 답변을 해주고 싶었지만, 딱히 대답할 말이 떠오르지 않았다. 어느새 하늘은 초록빛으로 변해 있었고 아스팔트까지 초록색이 물들었다. 승필이 흥분해서 외쳤다.

"하늘 좀 봐! 이거 그 영화 아니야? 「녹색광선」"

"그거랑은 달라. 그 영화에 녹색광선이란 게 뭐냐 하면, 해가 질 때 녹색 흔적이 아주 잠깐 반짝하는 현상이거든."

시무룩해진 승필을 보고, 수영은 재빨리 흥분한 척 외쳤다.

"그치만 멋있긴 멋있는데? 이거 진짜 오로라 같잖아!"

그 말에 승필은 물론 현도 하늘을 쳐다보았다.

"진짜네. 꼭 영화 같네."

현은 그 말을 꺼내놓고 어색하다고 생각했다. 정작 오로라가 나오는 영화를 떠올려보려고 해도 생각이 나지 않는데, 왜 사람들은 현실적이지 않은 것을 마주할 때마다 영화 같다는 표현을 쓰는 걸까? 현은 문득 자신들도 마찬가지라는 걸 깨달았다. 누가 시작했는지는 모르겠는데, 아까부터 대화 속에서 계속 자신들의 상황을 영화에 비유하고 있던 것이다. 곧 끝난다는 사실을 인정하고 싶지 않기 때문에, 도피하고 싶다는 의미인 걸까? 갑자기 모든 게 비현실적으로 느껴졌다. 하긴 하늘이 초록색이라면 현실이랑 거리가 멀기는 하지.

상암동 한국영상자료원 앞은 황량했다. 시나다니는 사람은 아무도 없었다. 영상자료원 건너편의 방송국도, 그 주변의 식당과 가게들도 모두 조용했다. 현은 문득, 영상자료원이 처음 상암동으로 옮겨왔을 때가 생각났다. 그때는 아직 방송국을 찾는 아이돌 팬들도 없고, 주변에 밥집도 얼마 없었던, 정말 황량했던 시절이었다. 마치 그때로 돌아간 것 같은 기분에, 현은 울적하면서도 조금 그리운 기분이 들었다.

영상자료원 건물의 엘리베이터는 아직 잘 작동하고 있었다. 하지만 영상자료원 도서관에 도착했을 때, 세 사람이 맞이한 것은 실망스러운 결과였다.

"무슨 영화 말씀하시는지는 알아요. 제 친구가 그 영화를 좋아하거든요. 저는 안 봤지만."

당연하지만 이상할 정도로 고요한 영상자료원 도서관에는, 직원 한 사람만이 자리를 지키고 있었다. 이분도 우리처럼 딱히 갈 데가 없는 거였을까?

"좀 빨리 오셨으면 좋았을 텐데. 자료실에 있던 자료들 다 무료로 나눠줬거든요. 해외 DVD나 블루레이를 마지막으로 빌려보고 싶어 하는 분들이 워낙 많았어서……"

"그럼 누가 가져갔는지도 확인할 수는 없는 거예요?"

수영이 지푸라기라도 잡는 심정으로 물었다.

"네, 죄송합니다. 확인해봤는데「발레리와 그녀의 놀랄 만한 일주일」이라는 제목으로 국내판 DVD가 있긴 했어요. 근데 지금은 없네요."

승필이 허탈한 표정을 지었다. 수영은 한숨을 푹 쉬었다.

"우리의 모험도 끝이 났네."

"어떻게 할까? 중앙도서관을 가볼까?"

승필은 현의 제안을 잠시 고려했지만 역시 아니라는 결론을 내렸다.

"그러기엔 너무 늦었어. 더 늦기 전에 돌아가자."

세 사람이 축 늘어진 채 발길을 돌렸을 때, 영상자료원 직원이 그들을 불러세웠다.

"잠깐만요."

세 사람이 일제히 뒤를 돌아보았다.

"제 친구가 그 영화 블루레이 가지고 있는데, 빌려줄 수 있을지도 몰라요."

"연락도 없이 가는데, 모르는 사람한테 순순히 빌려줄

까?"

"전화가 안 돼서 어쩔 수가 없잖아. 잘 사정해봐야지."

월드컵 경기장에서 멀지 않은 아파트를 향해 세 사람은 서둘러 뛰고 있었다. 시간이 없었다. 블루레이를 빌린다고 해도 현의 집까지 다시 돌아가기에는 촉박했다. 이제 세 사람은 목적지에 거의 도착했고, 코너만 돌면 영상자료원 직원이 알려준 아파트 입구였다.

"빌리는 데 성공하면, 다시 영상자료원으로 가는 것도 생각해보자, 거기 블루레이 플레이어가 있을 거야."

현이 외치고 있을 때, 앞서가던 두 사람이 갑자기 발걸음을 멈췄다.

"뭐야, 왜 멈춰?"

"저기 경비 아저씨가 멈추라고 신호를 보내는데?"

정말이었다. 주차장 앞에서, 나이 지긋한 경비 아저씨가 손을 흔들며, 거기 멈추라고 외쳐대고 있었다. 대체 왜 멈추라는 거지? 그러고 보니 주차장에는 차량 진입을 막는 펜스가 쳐져 있었고, 아파트를 둘러싼 공터가 텅 빈 채 사람들의 출입을 막고 있었다.

"오늘 같은 날 이사라도 하는 거야?"

그때 수영이 하늘을 쳐다보며 외마디 비명을 질렀다.

"아!"

바닥으로 뭔가가 철퍼덕 소리를 내며 추락했다. 현과 승필도 고개를 들었다. 아파트 옥상이었다. 옥상에서 떨어지고 있는 것은, 사람들이었다. 오늘 본 광경 중 가장 실감이 나지 않는 광경이었다. 옥상에 나란히 줄을 선 아파트 주민들이, 차례대로 바닥을 향해 한 명 한 명 추락하고 있었다.

철퍼덕. 피가 튀는 것을 본 순간 승필은 고개를 돌렸다. 수영은 멍하니 옥상을 주시하고 있었다. 고개를 돌리니, 다른 동 아파트에서도 사람들이 하나둘씩 추락하고 있었다. 현은 그 모습이, 마치 어릴 때 했던 레밍 컴퓨터 게임 같다고 생각했다. 차마 바닥에 추락한 시체를 볼 생각은 들지 않았다. 세 사람은 조용히 길을 뺑 돌아, 아파트 뒷문으로 들어갔다.

영상자료원에서 알려준 11층 8호에 도착했을 때, 세 사람이 본 것은 활짝 열려있는 대문과 그 앞에 가지런히 놓인 신발이었다. 신발은 대문 바로 앞에서 바깥쪽을 향해 얌전히 놓여 있었다. 마치 집을 한 발짝 남긴 누군가가, 신발만을 남기고 증발해버린 것처럼.

"결국 마무리는 구로사와 기요시 영화로 끝나는구나."

현은 그 말을 꺼내놓고 후회했다. 죽은 사람들이 있는데 이런 농담을 하는 건 적절하지 못한 것 같다. 하지만우리도 곧 같은 운명이 될 테니까. 그렇게까지 못 할 말은아닌 것 같아. 승필은 그 이름이 공포영화를 만드는 일본감독이라는 것밖에 몰랐지만, 조용히 고개를 끄덕였다. 그리고 뭔가를 결심한 듯이 말했다.

"안 들어가는 게 좋을 거 같아."

승필은 동의를 구하듯 두 사람을 보았다.

"그렇지?"

"응. 들어가서 뒤진다고 해서 욕할 사람은 없겠지만…… 그래도 그건 좀 아닌 거 같다."

이런 때는 죽은 사람을 향해서 어떤 인사를 해야 하는걸까? 현은 곰곰이 생각하다가, 두 친구가 보지 않는 사이 대문 안쪽을 향해 가볍게 묵례를 했다. 세 사람은 조용히 엘리베이터로 향했다.

어느새 하늘은, 저녁이 아닌데도 짙은 남색으로 변하고

있었다. 기억이 맞다면, 이 색깔은 이제 시간이 정말 남지 않았다는 의미였다. 세 사람은 말없이 터덜터덜 길을 걷고 있었다.

"있잖아, 나 아무래도 집에 돌아가 봐야 할 거 같아."

승필은 부끄러운 표정이었다.

"사실 아까 그거 거짓말이야. 집에 있기 짜증 나서 나왔어. 식구들이 하루종일 울고만 있어서…… 근데 아무래도 가봐야 할 거 같아. 미안."

현은 말없이 승필의 어깨를 두드려주었다. 수영이 말했다.

"보통 이런 때 영화에서는 어떻게 헤어지지?"

"글쎄, 다른 상황이었기는 한데……"

현이 아이디어를 떠올렸다.

"「해리포터」 3편인가 4편에서 봤는데, 세 사람이 다 함께 부둥켜안으니까 보기 좋더라."

"그 장면 원조는 「해리포터」가 아니라 「이투마마 타비엔」이야. 감독이 같은 사람, 알폰소 쿠아론이었잖아. 그래서……"

수영이 열심히 설명하고 있었을 때, 갑자기 승필이 소리

쳤디.

"아 맞아 이투마마!"

두 사람은 깜짝 놀라 승필을 쳐다보았다.

"그거야! 내가 가장 보고 싶었던 1순위 영화. 정말 궁금했는데!"

하지만 곧, 승필은 겸연쩍게 웃었다.

"그치만 뭐, 나중에 보면 되겠지."

나중은 없었다. 모두가 그걸 알았다. 그래도 나중에 보면 된다는 말은 이상하게 자연스러웠다. 세 사람은 「해리포터」에 나온 장면처럼 서로를 껴안았고, 아무도 울지는 않았지만 꽤나 감동적이고 적절한 이별 인사라고 생각했다.

그리고 나서도 세 사람은 헤어지기가 아쉬웠는지 쓸데없는 농담 몇 마디를 더 나누었다. 마지막으로 나눈 농담은 우리 셋 중에 누가 가장 똑똑한 헤르미온느냐는 것이었는데, 세 명 모두 가장 짜증 나던 사춘기 시절의 해리포터라는 결론을 내리고는, 세 사람은 정말로 헤어졌다.

승필이 떠나가고 뒷모습도 보이지 않게 되고 나서야, 수영이 입을 열었다.

"사실 나도 거짓말이야."

수영이 이렇게 고요하게 가라앉은 모습은 처음 본다고, 현은 생각했다.

"우리 집 식구들 어저께 다 잠들었어. 동사무소에서 나눠주는 약 진짜 잘 듣더라. 고통도 없는 거 같고. 그래도 난 그걸 못 먹겠더라고."

현은 아무 말도 하지 않았다. 조용한 도로에 굉음이 들려왔다. 이번에 지나치는 폭주족들은 숫자가 더 많았다. 두 사람은 줄지어 달리는 외제차들을 멍하니 구경했다. 현은 이 광경이 마치 레이싱 영화 같다고 생각했다. 그때, 거리를 질주하던 포르쉐 한 대가 두 사람 앞에서 멈춰 섰다.

"거기 두 분, 태워드려요?"

선글라스를 낀 운전자가 말을 걸었다. 수영이 현의 얼굴을 쳐다보았다.

"어떻게 할까?"

두 사람은 마지막 순간을 현의 집에서 보내자는 데 의견을 모았다. 세상이 끝나기 전에 타보게 된 진짜 포르쉐는 생각했던 것보다 불편했고 생각했던 것보다 신나는 체험이었다.

틴의 집에 노착하고도 다행히 시간은 좀 더 남아 있었다. 창문 밖에서 마젠타 빛 하늘이 비쳐오는 가운데, 맥주를 나눠마신 두 사람은 무슨 일을 해야 할지 모른 채 빈둥대었다. 그 와중에 수영은 아이폰을 붙잡고 구글 이미지 검색에 빠져있었다.

"뭘 그렇게 열심히 검색해?"

"그 발레리 어쩌구 하는 영화가 대체 뭔지 궁금해서."

구글 검색 화면에는 스틸 사진과 움직이는 gif 짤들이 나열되어 있었다.

"화면은 예쁘네. 승필이가 궁금해할 만도 하다."

현은 수영이 검색하는 화면을 들여다보았다. 화면에서 움직이는 gif 움짤들은, 어딘가 낯이 익었다. 그러고 보니, 아까 부천영화제 작품 소개도 그렇고, DVD 표지도 그렇고, 어디서 본 거 같기도 한데……

"아!"

순간, 현이 외마디 비명을 질렀다.

"나 이 영화 알아!"

수영이 멍하니 현을 쳐다보았다.

"이 영화 안다고?"

"유튜브에서 봤어! 이 영화 통으로 올라와 있었다고!"

낚아채듯 수영의 아이폰을 빼앗아 든 현은, 유튜브를 열심히 검색하기 시작했다. 하지만 마음이 급했는지, 타이핑이 마음대로 되지 않았다.

"왜 이렇게 클릭이 안 되는 거야! 내가 이래서 아이폰이 질색이야! 스티브 잡스 이 개새끼야!"

"곧 만날 텐데 직접 말하지 그래?"

수영이 현의 시니컬한 말투를 흉내 냈지만, 현은 지금 그게 급한 게 아니었다.

"찾았다!"

심드렁하게 아이폰 화면을 보던 수영이 더 큰 소리로 소리쳤다.

"아니 이런 미친놈들이 다 있어? 영화를 통으로 올렸네? 이게 저작권에 안 걸린다고?"

유튜브에는, 「발레리의 기이한 일주일」이 통째로 올라와 있었다. 아마 누군가가 크라이테리온 블루레이를 무단으로 리핑해 올린 듯했다. 심지어 그 영상에는 한글 자막까지 붙어있었다. 수영이 손가락으로 유튜브 재생 바를 가리켰다.

"시간 없어! 어떻게 끝나는질 보자! 빨리 끝으로 가봐!"

현이 손가락으로 슬라이드바를 움직였다. 영화의 마지막 부분을 플레이하며, 두 사람은 집중해서 영상을 보았다. 1분가량의 침묵이 흘렀다.

"침대를 가운데 놓고 춤을 추고 있는데?"

수영이 당황스럽게 말했다.

"어 잠깐! 숲속에 침대만 보이고 거기 누워있는 걸로 끝난다."

"이게 다 꿈이라는 내용인가?"

현이 물었지만 수영이라고 답을 알 리가 없었다. 한참 침묵하다가 수영이 되물었다.

"너 이거 앞에 보긴 봤어?"

"아니 나도 앞에만 잠깐 봤어. 이 영화 처음부터 제대로 보지 않으면 끝 장면을 봐도 의미를 모르겠는데…… 어떻게 할까? 지금이라도 앞에부터 틀어볼까?"

우물쭈물하는 현이 수영의 대답을 기다렸다. 하지만 수영의 반응은 뜻밖이었다. 수영은 이날 처음으로, 깔깔대며 폭소를 터뜨렸다.

"푸하하! 이게 뭐야! 결국 아무 의미가 없잖아!"

현은 그런 수영을 가만히 쳐다보았다. 현은 갑자기, 유튜브를 끄고는 카메라 앱을 열었다. 그리고 수영을 향해 폰을 들고는 동영상 촬영 버튼을 눌렀다.

한참 웃던 수영이 현에게 물었다.

"뭐해?"

"가만있어봐."

동영상 촬영을 끝낸 현은, 유튜브 앱을 다시 켜고는 방금 찍은 영상을 업로드했다. 생의 마지막 날 소중한 이와 통화하려는 사람들을 위해 통신망은 마지막 순간까지 열려있었고, 덕분에 현은 아무 문제 없이 동영상을 유튜브에 올릴 수 있었다. 짧은 영상이었기에 업로드도 인코딩도 별로 오래 걸리지 않았다.

인코딩이 끝나자마자 현은 영상을 클릭했다. 수영이 웃고 있는 모습이 화면 가득히 담겨 있었다. 핑크색에 가까운 붉은 빛이 거실을 가득 채우고 있었고, 미소를 짓다가 고개를 돌리는 수영의 모습은 마치 영화의 한 장면 같았다.

"근사한데?"

수영은 유튜브의 제목창을 보았다.

"제목을 이렇게 올린 거야?"

현은 고개를 끄덕였다. 유튜브 제목창에는 이렇게 입력되어 있었다.

발레리의 기이한 하루

수영은 고개를 갸우뚱했다.

"제목이 무슨 의미인지 아무도 모르지 않을까?"

"그러라고 올린 거야."

현은 씨익 미소를 지었다.

"빌어먹을 외계인들, 골치 좀 아파보라지."

현은 창밖을 바라보았다. 하늘은 점점 새빨간 색이 되어가고 있었다. 이제 몇 분도 남지 않았다.

"우리가 올린 영상이 거의 마지막일 테니까, 아마 무슨 내용인지 궁금해서 보게 되지 않을까?"

"하지만 인류가 사라지는 순간을 찍으려는 사람들도 있을 거 같은데? 유튜브 라이브로 설정해놓고 녹화하고 있다거나."

수영의 지적에 현은 잠시 움찔했다. 하지만 뭐 상관없

어. 황금종려상은 그 사람들 가지라고 하지 뭐.

"우린 그냥 레드 카펫에 오른 걸로 만족해야겠네."

두 사람은 조용히 손을 잡고 바깥을 바라보았다.

"어쨌든, 오늘 시네필들끼리 만나서 재미있었어."

수영도 웃으면서 고개를 끄덕였다. 마음속으로, 현은 마지막으로 덧붙였다.

'광의의 시네필일 뿐이지만.'

하늘이 붉게 물들고, 세상 모든 거리는 레드 카펫으로 변했다. 그리고 모든 것이 조용해졌다.

별망을 향하여

천가연

아무도 상처받지 않는 글을 쓰고 싶다는 마음으로 언제나
생각하고 또 생각하는 사람. 주로 사랑에 관한 이야기를 쓴다.
종종 브릿G와 거울에 소설을 올리고 있다.

-7

허공에 뜬 숫자가 바뀌었다. 멸망까지 남은 시간이었다. 그리고 동시에 주인공이 왔다.

세계가 멸망하기까지 7일밖에 남지 않았음에도 아직 이곳을 찾는 주인공들이 있었다. 그러나 모두 5분도 채 보내지 않고 사라지거나 오래도록 있다 해도 자신이 좋아하고 아끼는 아이들과 시간을 보낼 뿐, 우리의 이야기를 즐기는 주인공은 없었다. 그럴 만했다. 7일 후면 사라지는 세계에 관심을 줘봤자 돌아오는 건 멸망뿐이다.

"오늘부터 팀장님을 모실 여명입니다."

그런데 왜 이 주인공은 하필이면 이 시기에 모든 이야기를 보려고 하는 걸까.

멸망을 앞두고 새롭게 찾아오는 주인공들도 있지만 이 주인공은 그런 게 아니다. 세계가 열렸을 때부터 찾아와 모든 이야기를 다 본, 그들의 언어로는 '고인물'이었다. 심지어 이야기를 한 번만 본 것도 아니고, 이 정도면 외우지 않았을까 싶을 정도로 봤는데, 이제 와서 또 처음부터 보려는 의도를 모르겠다. 그래도 멸망까지 남은 시간이 두 자리 숫자였을 땐 당신 같은 주인공이 많았는데.

이 주인공의 의도가 뭐가 됐든 나는 내 할 일을 해야 했다. 내게 주어진 역할은 주인공의 첫 번째 팀원이자 앞으로의 이야기가 어떻게 진행될지 알려주는 길잡이다. 나는 수많은 주인공에게 몇 번이나 했던 말을 또 하기 시작했다.

나는 내가 언제 태어났는지 모른다. 나뿐만 아니라 내 동료들도, 우리가 막아야 하는 적대 세력도, 이 세계도, 언제부터 생겨났는지 알 수 없다. 이 세계의 모두가 그랬다. 그저 우리는 어느 순간 태어났고 이 세계에 던져졌다. 그

럼에두 나는 내가 뭘 해야 하는지 알았다. 그건 다른 이들
도 마찬가지였다. 내가 속한 회사의 이름은 '매듭'이었고,
우리는 망자들이 이승의 삶을 정리하고 저승으로 넘어갈
수 있도록 돕는 일을 했다. 망자를 저승으로 인도하거나,
길 잃은 망자를 데리러 가거나, 저승으로 가는 걸 거부하
고 도망친 망자를 잡으러 가거나⋯⋯ 그 외에도 망자를
도울 수 있는 일은 뭐든 했다. 그중에서도 내가 속한 '저
승문 담당 팀'은 회사 내 부서 중에서도 꽤나 까다로운 일
을 도맡았다.

저승문 담당 팀은 저승문을 타고 이승으로 넘어오려는
망자들을 막는 동시에 저승문을 닫는 일을 했다. 저승문
은 함부로 열어서는 안 되고, 열더라도 반드시 이승에서
저승으로 향하는 문만 열어야 한다. 하지만 적대 세력인
'시초'는 우리와 반대로 틈만 나면 저승에서 이승으로 향
하는 문을 열었다. 본인들의 말로는 이승과 저승의 경계
를 허물어 더 이상 죽음이 이별로 이어지는 일이 없도록
하겠다고 하는데, 그들이 뭐라 하든 우리는 그들이 열어
놓은 저승문을 닫아야만 했다.

우리 회사의 모든 직원들은 사자(使者)였고, 임원들은

입사 시험을 통해 우리를 1급부터 3급까지의 계급으로 나눴다. 가장 낮은 3급 사자는 저승문을 닫을 수 없고 망자들을 저승으로 보낼 수도 없지만 망자들을 포승줄로 붙잡을 수 있다. 그보다 한 단계 높은 2급 사자는 3급 사자와 마찬가지로 저승문을 닫을 순 없지만 망자들을 저승으로 보낼 수 있으며 그 외 3급 사자들과 동일한 임무 수행이 가능하다. 직원들 중 최상위인 1급 사자는 2급과 3급 사자가 할 수 있는 일들을 하는 건 물론이며 저승문을 닫을 수 있다. 그리고 이 모든 정보는 내가 깨어나기 전부터 내 머릿속에 입력되어 있었다.

처음 이 세계엔 우리밖에 없었다. '우리'라는 건 매듭의 직원들뿐 아니라 시초의 직원들도 포함이다. 그러다 어느 순간부터 회사에 새로운 팀장이 들어왔고, 직원들은 그를 저승문 담당 팀의 팀장이라 부름과 동시에 주인공이라 불렀다. 왜인지는 모른다. 태어났을 때부터 모든 정보들이 머릿속에 입력되어 있던 것처럼 그 또한 자연스러운 일이었다.

주인공은 직원들 중 유일한 비사자(非使者)였다. 망자들을 포승줄로 묶을 수도, 저승으로 돌려보낼 수도, 저승문을 닫을 수도 없기만, 이디에서 서승분이 열릴지 감지하는 능력을 지녔고 이 능력을 가진 이는 주인공이 유일했다. 회사가 주인공을 선택한 이유도 그것 때문이었다. 기억을 잃고 매듭으로 흘러들어온 주인공은 긴긴 이야기를 거치며 자신의 기억을 찾아갔고, 우리는 그런 주인공을 돕는 입장이었다.

팀장이자 주인공은 동시다발적으로 오는 경우가 많았다. 그러니까 팀장이 여러 명이라는 소리인데, 이상하게도 모두 같은 얼굴을 하고 있었고, 어떤 팀장이 어떤 일을 맡든 결론적으론 한 명의 주인공으로 귀결됐다. 주인공들은 자기들만의 소통 방식을 취했으며, 그곳에서 그들은 이 세계를 '게임'이라 칭했다.

— 망겜 진짜 가챠[2]운 장난 아님 이거 뽑으라고 만든 거?

— 스급 한 개도 못 봤다 이게 게임이냐

— 리세마라[3] 어디까지 해야 하나요 가챠 그만 돌리고 게임하고 싶다...

주인공들이 하는 말은 알아들을 수 없는 말들뿐이었지

---

2 일본어 '가챠ガチャ'에서 유래된 말. 게임 내에선 '결제를 이용한 확률성 뽑기'라는 뜻으로 쓰이며, 좋은 캐릭터나 아이템은 확률이 낮기 때문에 뽑기 어렵다.

3 게임 리셋을 반복하는 것. 시작 시 무료 뽑기 시스템이 있는 게임의 경우 더 좋은 캐릭터나 아이템을 뽑기 위해 반복하는 사람들이 많다.

만, 반대로 말하면 우리가 알아듣지 않아도 되는 말이었다. 주인공들의 언어를 모른다고 해서 이 세계에 지장이 가는 일은 없었다. 우리는 우리에게 주어진 일을 하면 그만이었고, 주인공들과 함께 시초에 맞서 저승문을 닫기만 하면 됐다.

그러다 보면 어느 순간 깨닫는다. 우리와 우리의 세계는 주인공 없인 쓸모없는 존재라는 걸.

나는 주인공이 가장 먼저 만나는 팀원이었고, 언제 태어났는지는 알 수 없지만 세계의 시작부터 이곳에 존재했다는 걸 어렴풋이 짐작했다. 그렇기 때문에 주인공 없인 쓸모없는 나 자신과 이 세계의 존재 의미에 대해 누구보다 빨리 깨달았다. 나는 이성적이고 무슨 일이 일어나도 쉽게 흔들리지 않는 사자였기에 처음 그 사실을 깨달았을 때도 동요하지 않았지만, 몇몇 직원들은 혼란스러워했다. 그럼 주인공이 오지 않으면 나는 어떻게 되는 거지? 이 세계는? 모두 사라지는 건가?

직원들의 걱정대로 주인공들의 발길이 끊기는 일은 없었다. 세계의 시작처럼 수많은 주인공이 쏟아져 들어오는 일은 이제 없지만, 대신 주기적으로 찾아오는 주인공이 늘었고 고인물이 생겼나. 고인물들은 새 직원이 입사할 때마다 거금을 들여서 자신의 팀원으로 채용했다. 어느 순간부터 새 직원들은 1급 혹은 2급 사자였다. 3급은 없었다. 주인공들은 직원들을 부를 때 우리가 사용하는 계급 대신 스급, 에이급, 비급이라 불렀다. 영어로 S급, A급, B급이었다.

고인물들은 이 세계를 늘 망겜이라 칭했다. '망한 게임'이란 뜻이었다. 뭔지는 몰라도 욕인 것 같았다. 그런데 희한한 건 그렇게 욕하면서도 출근은 꼬박꼬박 했다. 실은 이 세계가 망하지 않기를 누구보다 바라는 듯했다. 하지만 정말로 그걸 바랐다면 망겜이란 단어를 사용해선 안 됐던 게 아닐까.

세계는 고인물들의 말대로 망겜이 되어가고 있었다.

-6

어제 왔던 그 주인공이 오늘도 왔다. '황혼'이었다. 황혼은 다른 주인공들과 달리 나를 가장 아꼈다. 저승문도 닫지 못하는 3급 사자인 나를.

이 세계는 하나의 이야기를 따라 흘러간다. 나는 주인공에게 앞으로의 이야기를 설명하고 전달하는 역할이지만, 이야기가 진행될수록 중요도는 낮아졌다. 주인공들은 이 세계에 익숙해지고 나면 자신만의 팀원을 찾아 떠났다. 그들의 언어로는 '최애'라고 그랬다. 그리고 나는 주인공들의 최애가 되는 일이 드물었다. 어떻게 보면 당연한 결과였다. 나 같아도 망자들을 포승줄로 묶는 것밖에 할 줄 모르는 3급 사자보단 뭐든 할 수 있는 유능한 1급 사자를 팀원으로 선발하고 싶을 테니까.

— 안녕 여명 오늘도 왔어

그런데 왜 황혼은 굳이 나를 최애로 삼은 걸까.

"안녕하세요, 팀장님. 좋은 아침입니다."

황혼의 인사에 나는 정해진 반응을 보였다. 주인공을 향한 행동과 말은 대부분 내 의지와 상관없었다. 나는 늘 명령어를 입력한 로봇처럼 움직였다.

어제 황혼은 이야기의 결말 중 하나를 보고 갔다. 이 세계의 끝은 다양했다. 시초를 파멸시키거나, 주인공이 시초로 넘어가거나, 이도 저도 하지 않은 채 도망치거나, 시초의 손에 죽거나…… 이띤 결말이는 세계의 끝을 보고 나면 다시 세계의 시작으로 돌아왔다. 누가 죽는다 해도 진짜 죽음은 아니었다.

나는 어제처럼 황혼에게 해야 할 일을 알려줬고, 황혼도 어제처럼 자신의 일을 했다. 모든 게 어제처럼 이루어졌다.

허공에 글씨가 보이는 건 이상한 일이 아니다. 주기적으로 '공지'라는 이름의 글씨가 떴고, 그 공지는 대부분 '업데이트'와 관련된 일이었다. 그리고 공지가 뜨면 새 직원이 입사했다.

"또 1급이랑 2급이야? 이제 3급 사자는 안 뽑나?"

화려한 복장에 강해 보이는 무기를 든 새 직원들이 출근하는 걸 볼 때마다 현은 그렇게 말했다.

현은 나와 같은 3급 사자였고, 나처럼 세계의 시작부터 이곳에 있었다. 새 직원들이 입사할 때마다 현은 불만을 토해냈다. 자꾸 1급이랑 2급 사자만 뽑으면 우리 같은 3급 사자들은 어떡하라고, 자꾸 이러니까 비율이 안 맞잖아, 가뜩이나 주인공들 가면 갈수록 우린 거들떠도 안 보는데. 나는 현의 불만을 듣는 게 귀찮았고, 그래서 대부분 대꾸를 하지 않았지만, 멸망까지 6일밖에 남지 않은 지금은 그의 불만이 그리웠다.

세계의 멸망을 알린 공지가 뜬 건 약 60일 전이었다. '서버 종료'라고 했다. 우리는 그게 무슨 말인지 몰랐지만, 공지의 억양을 통해 짐작할 수 있었다. 그것은 멸망과 다름없다는 걸. 그때부터 허공에 숫자가 떴다. 멸망까지 남은 시간을 알리는 숫자였다. 공지는 일정 시간이 지나면 지워졌지만, 숫자는 지워지지 않았다. 그렇게 허공에 뜬 채 하루씩 날짜를 지워갔다.

갑작스러운 멸망에 모두가 혼란스러워했다. 최근에 입사한 사자들일수록 혼란스러움은 극에 달했다. 세계의 특성상 우리의 입사는 탄생과 동시에 이뤄졌다. 이제 막 입사한 사자들은 걸음마를 떼기도 전에 죽음을 맞닥뜨린 것이나 다름없었다. 하지만 멸망 앞에서도 우리는 할 일을 해야 했다. 멸망이라고 해서 주인공들이 출근하지 않는 건 아니었다. 오히려 멸망을 앞두고 더 많은 주인공이 우리를 찾아왔다. 공지가 뜬 날로부터 딱 일주일까지만.

— 망겜 망겜 했지만 진짜 망하라는 뜻은 아니었는데.

— 저 거의 ㅠ비[4]인데 십쫑[5] 선까지 엔딩 다 볼 수 있겠죠?

— 이거 오프라인화[6]라도 건의해야 되는 거 아님?

갑작스러운 멸망을 받아들이지 못하는 건 주인공들도 마찬가지였다. 아주 많은 수의 주인공이 회사에 출근했고, 그중에선 입사 초기에만 잠깐 봤던 주인공들도 있었다. 모두가 세계의 멸망을 막고 싶어 했지만 멸망을 막는 방법은 없었다. 그저 자신만의 방식으로 멸망을 맞이할 세계를 추모하는 게 전부였다.

−60, −50, −40…… 멸망이 점점 가까워졌다. 하나둘 멸망을 받아들여 갔다. 그 많던 주인공이 오지 않기 시작했다. 다시 처음으로 돌아가고 있었다. 이 세계에 우리뿐이던 그때로.

---

4 게임을 시작한 지 얼마 되지 않은 사람.

5 '서버 종료'의 줄임말.

6 게임의 서버는 종료하지만 게임 접속은 가능한 상태. 단, 게임 운영이 종료된 상태라 콘텐츠를 즐기는 데 한계가 있다.

-5

"유비가 안 와."

현이 말했다. 늘 툭툭대고 까칠하지만 알고 보면 여린 마음을 가진 아이. 현은 그런 성격이었다. 금방이라도 울 것 같은 얼굴을 하고 있기에 어깨를 토닥여 줬더니 금세 고개가 축 늘어진다.

황혼이 3급 사자인 나를 최애로 삼았듯, 유비도 3급 사자인 현을 최애로 삼았다. 우리 같은 3급 사자들은 황혼과 유비 같은 주인공을 만나기 어려워서, 그들의 방문 빈도와 상관없이 그들을 오래도록 기억했다. 그리고 우리는 그 기억을 가지고 그들을 기다렸다. 그게 전부인 것처럼.

유비는 누구보다 성실하게 출근하는 주인공이었다. 엔딩을 보지 않더라도, 출근 도장만 찍고 퇴근하더라도, 매일 회사에 들러 현에게 인사를 하고 갔다. 황혼은 안 왔지? 유비는 오늘도 왔는데! 그렇게 말하며 킥킥 웃는 현의 모습을 자주 봤다.

황혼은 유비처럼 매일 출근하는 편은 아니었다. 그래도 너무 오랫동안 기다리지 않을 만큼은 왔다. 나는 그 정도

두 괜찮았다. 그런데 멸망을 앞둔 뒤부터 황혼과 유비의 출근 빈도가 정반대로 바뀌었다. 실은 그보다 더했다. 유비는 멸망의 숫자를 확인한 순간부터 점점 출근 횟수를 줄여가더니 이제는 더 이상 오지 않았다.

"유비가 나를 잊어버린 건 아니겠지?"

현이 고개를 숙인 채 말했다. 목소리가 떨렸다. 나는 우는 이를 달래는 데 서툴렀고, 현도 그걸 알고 있었다. 내가 할 수 있는 최대한의 행동은 계속해서 현의 어깨를 토닥이는 것뿐이다.

"다른 팀장들은 와 봤자 1급이나 2급 사자들만 좋아하고, 나한테 진짜 팀장은 유비밖에 없는데……. 유비가 안 오면 나는 누굴 따라야 돼? 유비 없는 팀에서 망자들 붙잡고 시초 애들이랑 싸우는 것도, 순찰 나가는 것도 다 싫어. 애초에 유비 아니면 아무도 날 써 주지 않는다고. 유비 없인 난 아무것도 아니란 말이야!"

현의 울분은 스스로의 처지에 대해 비관하는 것에 가까웠지만, 실은 나도 다를 바 없었다. 황혼이 오지 않으면 나는 아무것도 아니다. 황혼의 기억 속에서 여명이라는 존재가 사라지는 것이야말로 나에게는 진정한 멸망이다.

그리고 현은 나보다 먼저 멸망을 맞이하고 있었다.

나는 한쪽 팔로 현의 어깨를 끌어안았다. 황혼이 오늘 은 조금 늦게 오기를 바랐다.

— 여명은 휴가 안 가?

첫 번째 전투를 끝내고 돌아와 사무실에서 쉬고 있는 데 황혼이 물었다. 나는 단 한 번도 휴가를 가 본 적이 없 었다. 그건 직원 대부분이 그랬다. 가끔 특정 직원들만 휴 가를 떠날 때가 있었는데, 공지에서는 그걸 '이벤트'라고 불렀다. 하지만 그것도 예전 일이다.

"시초가 언제 저승문을 열지 모르는데, 저만큼은 회사 에 남아 있어야죠."

나는 정해진 말을 하며 다음 임무를 확인했다. 순찰 3회.

— 우리 같이 휴가 갈까?

황혼은 내 말을 들었는지, 아니면 못 들은 척하는 건지, 내 대답과 어울리지 않는 질문을 했다. 나는 황혼의 기대 에 부응하는 답을 해 주고 싶었지만, 내가 할 말은 하나 뿐이었다.

"시초가 언제 저승문을 열지 모르는데, 저만큼은 회사

에 남아 있어야죠."

　—다음 여름 이벤트 때는 너랑도 휴가 갈 수 있을 줄
　　알았어

"시초가 언제 저승문을 열지 모르는데, 저만큼은 회사
에 남아 있어야죠."

　— 반야는 이벤트 때마다 휴가 보내주던데 너무 차별하는
　　거 아닌가?

"시초가 언제 저승문을 열지 모르는데, 저만큼은 회사
에 남아 있어야죠."

　— 이제 저승문도 열리지 않을 거야 그냥 다 사라질
　　거야

　황혼의 마지막 말에 나는 잠시 할 말을 잃었다. 사실
무슨 말을 해야 하는지 알고 있다. 내 모든 행동과 말은
보이지 않는 누군가에 의해 조종당하고 있고, 나는 그걸
태어났을 때부터 깨달았다. 그러니 지금도 그가 원하는
대로 말하면 그만이다. 그게 내 존재의 의미다. 나는 그걸
잘 안다.

　아주 잘 안다.

　아는데.

　"……전투에 나갈 시간입니까?"

나는 떨어지지 않는 입을 억지로 벌려 말했다. 평소보다 느린 답이었지만 황혼은 이상한 점을 느끼지 못한 듯별말 없이 나를 데리고 두 번째 전투로 향했다. 오늘 전투에는 망자들이 많았다.

그리고 황혼이 엔딩을 본 뒤에도 유비는 출근하지 않았다.

-4

황혼이 내 무기를 손질해 줬다. 멸망까지 4일밖에 남지 않았는데, 이제 와서 무기를 손질하는 게 무슨 의미가 있나 싶다. 하지만 나는 잠자코 황혼이 손질해 준 무기를 받아들었다. 전보다 전투 기술을 연속으로 사용할 수 있게됐다.

내 무기는 특이할 게 없는 검이다. 직원이 몇 없던 초창기엔 3급이어도 나름 쓸 만한 무기라고 생각했는데, 지금은 나보다 훨씬 좋은 무기를 사용하는 직원들이 도처에널려 있다. 특히나 내 무기는 전투 기술을 사용하지 않으면 망자에게도 시추이 시지에게노 약간의 피해만 입히는 게 전부다. 결국 전투 기술을 얼마나 연속으로 사용할 수 있느냐가 중요했고 그건 무기 손질 권한을 가진 주인공의 재량에 맡길 수밖에 없는데, 고작 3급 사자에게 그 정도까지 신경 쓸 주인공은 그리 많지 않았다. 그리고 황혼은 '그리 많지 않은' 주인공 중 하나였다.

— 그래도 섭종 하기 전에 만렙[7] 찍어 주고 가네 좀 더
　자주 들어왔으면 더 일찍 찍어줬을 텐데

황혼의 얼굴 위로 약간의 뿌듯함이 떠올랐다. 뭐가 그렇게 좋은 걸까. 어차피 멸망하고 나면 이깟 무기 쓸모도 없을 텐데. 나는 그렇게 생각하면서도 검을 손에 꽉 쥐었다. 그러자 또 다른 자아가 속삭였다. 당장 전투에 나가고 싶다. 오늘이라면 평소보다 잘할 수 있을 것 같다. 아니, 앞으로도 잘할 수 있다. 그러니 멸망 전까지 열심히 일하자. 그게 황혼이 원하는 일이라면.

— 갈까?

황혼이 문을 열었다.

"팀장님을 따르겠습니다."

7　게임 내 레벨이 최고점에 도달한 상태.

나는 오늘도 황혼과 함께 저승문이 열린 곳으로 향했다.

-3

반야는 늘 주인공들의 예쁨을 받는 직원 중 하나였다. 1급 사자에 스치기만 해도 중상을 입는 무기를 가진 반야를 예뻐하지 않는 주인공은 없었다. 회사에서도 반야를 아끼는지 온갖 '이벤트'에 반야를 집어넣었다. 가끔 반야에 맞춰 다른 직원들의 능력이 조절되는 '업데이트'가 이루어졌고, 나도 그중 하나였지만, 그럼에도 반야의 능력에 못 미치는 직원들이 대부분이었다. 하지만 아무도 반야를 미워하지 않았다. 우리는 안다. 자신의 능력치를 자신의 마음대로 조종할 수 있는 사자는 없다는 걸. 보이지 않는 누군가에 의해 생성되는 능력 때문에 남을 비난하고 질투하는 일은 우리에게 무용한 일이다.

"반야 주위엔 아직도 팀장들이 득실득실하네……."

유비가 출근하지 않아 할 일이 없어진 현은 사무실 한편에 앉아 다른 직원들을 구경하는 걸 취미로 삼기 시작했다. 현이 말대로 빈야는 아식노 수많은 팀장에게 둘러싸여 있었다.

"짜증 나. 나 잘래."

한참 반야를 보던 현은 돌연 짜증을 내더니 기숙사로 향했다. 누가 반야를 보라고 시킨 것도 아니고, 자기 마음대로 봐 놓고 짜증을 내는 현이 이해되지 않았지만, 그 마음을 모르는 건 아니었다. 유비는 아직도 소식이 없고, 나도 황혼 외에는 날 찾는 주인공이 없다. 언젠가 나와 현은 모든 주인공에게 잊힐지도 모른다.

"여명 씨, 바쁘세요?"

정신을 차려보니 어느새 반야가 코앞에 있었다. 반야의 품엔 온갖 선물이 가득했고, 반야를 둘러싸던 주인공들은 보이지 않았다. 그새 퇴근한 모양이었다.

"무슨 일이시죠?"

"팀장님 한 분이 쿠키를 주고 가셔서요. 같이 먹으려고요!"

반야가 생글생글 웃는 얼굴로 말했다. 반야는 그런 아이였다. 매사 명랑하고 의욕적이지만 그 의욕이 실수로 자주 이어지는 아이. 회사에서 실수가 잦은 직원은 미운

털이 박히기 쉽다고 하지만, 오히려 반야를 아끼는 주인공들은 반야의 그런 면을 좋아했다. 덜렁거리는 게 귀엽다고 하는데, 주인공들의 취향은 알다가도 모르겠다.

"근데 아까 현 씨도 계시지 않았어요?"

반야가 책상 위에 쿠키 한 봉지를 올려두며 말했다.

"피곤하다면서 자러 갔습니다."

"그럼 현 씨 것도 따로 챙겨놔야겠어요. 현 씨만 못 드시면 안 되니까요."

반야는 그렇게 말하더니 품 안의 쿠키들 중 한 봉지를 자신의 가방 안에 넣었다. 그리고 동시에 주인공 한 명이 출근했다. 뒤늦게 반야를 찾아온 주인공이었다. 반야의 가득한 선물 위로 또 선물이 쌓였다.

그러고 보면 나는 황혼이 나를 아끼는 이유를 아직도 모른다. 물어보고 싶지만 그럴 수 없었다. 우리는 주인공에게 말을 걸 수 없다. 그저 주인공의 말에 정해진 패턴대로 대답하는 게 주인공과 우리의 유일한 대화다. 그런데 그걸 '대화'라고 할 수 있을까. 나의 대답은 내 의지가 아닌데.

멸망이 가까워지지 황혼은 하루에 엔딩을 몇 개씩 봤다. 어차피 엔딩을 보고 나면 다시 세계의 시작으로 돌아오니 나는 피곤함을 느끼지 않았는데, 황혼은 어떤지 모르겠다. 애초에 황혼이 피곤함을 느끼긴 하는지, 언제 잠을 자고 밥을 먹는지, 일 외에는 무엇을 하는지, 나는 아무것도 모른다. 내가 황혼에 대해 아는 건…… 없다.

— 이거 선물이야.

황혼이 내게 책을 선물했다. 내가 가장 좋아하는 선물 중 하나였다. 황혼은 나에 대해 모르는 게 없는데. 한 번도 느껴본 적 없던 죄책감이 머리 위로 쏟아졌다. 나는 왜 황혼에 대해 알려고 하지 않았지? 그 전에 내가 원하면 황혼에 대해 알 수 있기나 한 건가? 어쩌면 황혼이 나를 잊는 것보다 내가 황혼을 잊는 게 더 쉬운 건 아닐까?

"감사합니다. 소중히 간직하겠습니다."

나는 익숙한 반응을 보이며 황혼이 건넨 책을 받았다. 황혼뿐만 아니라 주인공들이 우리에게 건네는 선물은 늘 같은 모양이었다. 파란색 표지의 책, 투명한 포장 봉투에 담긴 초코칩 쿠키, 인형, 향수, 옷, 모든 게 다. 황혼이 내게 선물한 책들은 바다처럼 쌓여서 나를 잠식했다.

황혼이 전투에 나갈 준비를 했다. 나도 황혼을 따라 나가기 위해 무기를 챙겨 들었는데, 문득 황혼이 준 책이 시야에 들어왔다. 황혼은 책을 좋아할까. 멸망하기 전에 황혼과 이 책에 대해 이야기할 수 있을까. 부질없는 짓이란 걸 알면서도 소망해 본다.

-2

멸망 이틀 전. 황혼에게 남은 엔딩은 딱 하나였다. 황혼이 죽는 것.

황혼은 죽어도 죽지 않는다. 나는 그걸 잘 알았다. 이 세계를 살아가는 건 우리지만, 모든 건 주인공을 중심으로 돌아간다. 주인공의 죽음은 곧 시작으로의 귀환이다. 그걸 알면서도.

— 울지 마, 여명.

황혼의 입에서 피가 흘러나왔다. 날카로운 무기에 베인 황혼의 몸은 잘게 잘린 종이처럼 너덜너덜했다. 금방이라도 사라질 것 같은 모습. 황혼뿐만 아니라 다른 주인공들에게도 몇 번이나 들은 말와 몇 번이나 본 모습이다. 그래서 익숙하다고 생각했는데, 오늘도 황혼의 죽음 앞에서 약간의 눈물만 보일 뿐 늘 그랬던 것처럼 의연하게 대처할 수 있을 거라고 믿었는데, 실은 익숙하다고 생각하는 것조차 나의 착각이었던 건 아닐까.

사자의 무기는 산 자를 무(無)로 돌린다. 그러니 비사자인 황혼은 사자의 무기 앞에서 아무것도 할 수 없다. 그것이 정해진 이야기고, 수많은 엔딩 중 하나에 도달하는 길이다.

— 우린 다시 만나게 될 거야.

하지만 그런 이야기가, 그런 엔딩이 정말로 필요한 것인지.

황혼의 손이 내 뺨을 감쌌다. 피를 토하면서도 웃고 있었다. 나는 이럴 때마다 주인공을, 황혼을 이해할 수 없다. 이게 정말로 당신이 원한 결말이냐고, 선택하지 않을 수 있으면서 대체 왜 선택한 거냐고, 그렇게 묻고 싶었지만 물을 수 없었다.

갈기갈기 찢긴 황혼의 몸에서 하얀빛이 새어 나왔다. 그리고 손쓸 틈도 없이 황혼이 사라졌다. 나는 존재하지

않는 황혼의 시체를 끌어안은 채 세계의 시작으로 돌아
올 때까지 움직이지 않았다.

-1

숫자가 바뀌었다. 멸망 하루 전이었다.

회사에 사람이 많았다. 그동안 출근하지 않던 주인공
들이 멸망을 하루 앞둔 오늘에야 늦은 출근을 했다. 몇
날 며칠 오지 않던 유비도 출근을 했는데, 현의 기분은
그다지 좋아 보이지 않았다.

"이제 와서 이런 거 주면 뭐 해. 어차피 내일이면 다 사
라질 텐데."

현의 책상 위에 선물들이 수북이 쌓여 있었다. 모두 유
비가 주고 간 것이었다. 반야만큼은 아니더라도 꽤 많은
양이었는데, 그럼에도 현의 표정은 여전히 좋지 않았다.
유비는 현에게 선물을 한가득 안겨 주고, 몇 번의 대화를
나누고, 수십 장의 사진을 찍은 뒤 퇴근했다. 전투도 순찰
도 나가지 않았다.

"엔딩 하나라도 보고 가는 게 그렇게 어렵나? 어차피 다 봤다지만, 나는 유비랑 좀 더 같이 있고 싶었는데……."

현이 책상에 얼굴을 묻은 채 웅얼거렸다. 그 뒤로 현은 아무 말도 하지 않았다. 이따금 현의 어깨가 들썩이는 게 보였지만 모른 척했다. 하지만 반동 때문에 선물더미에서 인형이 떨어진 건 모른 척할 수 없었다. 나는 바닥에 떨어진 인형을 주워 현의 책상 위에 올려두었다. 얼굴이 유난히 동그란 곰인형이었다. 현은 많은 선물 중 그 인형을 가장 좋아했다.

황혼이 출근했다. 황혼은 어제부로 모든 엔딩을 다 봤다. 그래서 나는 황혼이 유비처럼 금방 퇴근하지 않을까 싶었다. 그렇게 된다면 내가 할 수 있는 일은 아무것도 없다.

— 이제 내일이면 진짜 끝이네

하지만 황혼은 오래도록 내 곁에 있었다. 가지고 있던 선물을 모두 주고, 내 자세를 몇 번이나 고치며 사진을 찍고, 이제 더는 하지 않아도 될 순찰을 나갔다 온 뒤에도

사라지지 않았다. 나는 이대로 황혼과 함께 멸망을 맞이
하고 싶었다.

시간이 하염없이 흘렀다. 황혼과 나는 내 방에 있다. 황
혼은 내 맞은편에 앉아 말없이 나를 바라봤고, 나도 황혼
을 바라봤다.

— 여명

황혼이 날 불렀다.

"네, 팀장님."

나는 익숙한 대답을 했다.

— 내가 너 때문에 이 게임 시작한 거 알아?

주인공의 말은 언제나 이해할 수 없는 것투성이다.

"무슨 말인지 잘 모르겠습니다."

— 누가 추천해서 진짜 우연히 시작했는데 너 보자마자
  빠졌잖아 너 아니었으면 조금 하다가 접었을 거야

"무슨 말인지 잘 모르겠습니다."

— 솔직히 성능캐는 아니지만... 그래도 애정이 성능보다
  위 아니냐? 우리 팀에선 네가 반야보다 세

"무슨 말인지 잘 모르겠습니다."

— 내가 게임을 좋아하긴 하지만 얘만큼 시간 쏟고 돈 쓴
  게임이 없는데 진짜 아쉽다

"무슨 말인지 잘 모르겠습니다."

한참 말을 쏟아내던 황혼의 입이 닫혔다. 나는 가만히 황혼을 기다렸다. 시간이 또 하염없이 흘렀다. 몇 번의 초침 소리가 지나갔다.

— 그리고 너만큼 좋아하던 캐도 없었어

마침내 황혼이 입을 열었다.

나는 멈칫했다. 황혼의 문장에선 이전과 마찬가지로 내가 반응할 만한 부분이 없었다. 그러니 나는 다시 입을 열어 형식적인 대답을 해야 한다. 그게 이 세계의 모든 이들에게 주어진 역할이다.

먼 곳에서 다른 직원들의 목소리가 들렸다. 저마다 멸망을 받아들이기 위한 준비를 하는 듯했다. 자그마한 소음이 끊이지 않았고, 그 사이에 덩그러니 떨어진 우리는 아무 말도 하지 않았다. 황혼은 다시 말을 걸지도, 다른 일을 하러 가지도, 퇴근하지도 않았다. 그저 우리는 서로를 바라볼 뿐이다.

한순간 초침 소리가 들리지 않았다. 소음도 끊겼다. 고요한 공기를 타고 황혼의 목소리만 선명하게 들렸다.

— 다들 네가 늘 곁에 있어서 잘 모르는 것 같은데 너만큼

강한 캐는 없어

— 마지막까지 내 옆에 남아 있는 건 너밖에 없잖아

— 무슨 일이 생길 때마다 앞장서는 것도 너밖에 없고

— 이성적이고 차분하단 설정이지만 실은 누구보다 다정하단 것도 알아

— 그래서 내가 널 좋아했어

— 나는 앞으로도 다른 게임들을 할 테고 거기서도 최애가 생기겠지만

— 너만큼 좋아하진 못할 것 같아

황혼이 잠시 말을 멈췄다. 그럴 리 없다는 걸 알면서도 나는 황혼이 울먹이는 것 같다고 생각했다.

— 내가 없어도 행복해야 돼 여명

그럴 리 없다는 걸 알면서도.

나의 행복을 바라는 말을 끝으로 황혼은 다시 입을 닫았다. 나는 또 아무것도 하지 않는 황혼을 바라봤다. 이번에야말로 나는 황혼의 말에 답을 해야 한다. 하지만 내일이면 멸망인데, 마지막만큼은 내가 원하는 대로 행동해도 되지 않을까, 어차피 모두 사라질 거라면.

"……황혼도 행복해야 됩니다."

나는 나를 옥죄는 보이지 않는 누군가의 조종을 애써

무시했다. 그러자 내가 원하는 말을 전부 나 할 수 있을 것 같은 느낌이 들었다. 내일이면 모두 사라지고 이 세계는 멸망을 맞이해 황혼과 대화할 수 있는 방법도 없을 테지만, 그래서 한편으론 무의미한 짓이겠지만, 그럼에도 황혼에게 나의 진심을 말하고 싶었다.

내 말이 평소와 다르다는 걸 황혼도 아는 듯했다. 황혼은 또 아무 말 없이 있더니, 곧 웃는 얼굴로 말했다.

― 이거 봐 섭종 하는 건 너희인데 마지막까지 내 생각만 하잖아

― 걱정 마 너한텐 좀 잔인한 말이겠지만 우리는 게임 하나 섭종 한다고 인생 망하진 않아

― 근데 문득 생각은 나겠지

― 나처럼 이게 인생겜인 사람은 더더욱

분명 황혼은 웃고 있는데, 황혼의 모든 말은 슬픔에 가까웠다. 나는 여전히 황혼의 말 대부분을 이해할 수 없지만 그가 슬퍼하고 있다는 것만큼은 알 수 있었다.

"황혼에게 물어보고 싶은 게 있었습니다."

내가 말했다.

― 왜 과거형이야?

"나를 왜 좋아하냐고 물어보고 싶었는데, 아까 다 들었

거든요."

내 말에 황혼이 웃었다.

— 혼잣말 한다고 생각하고 말한 건데 그래도 들어서
  다행이다

"또 물어보고 싶은 게 있습니다."

— 이번엔 과거형 아니네?

"황혼은 뭘 좋아합니까?"

내 물음에 황혼은 또 말이 없었는데, 이번엔 고민하고
있다는 걸 알 수 있었다. 여전히 표정 변화 없는 모습이지
만 왠지 알 것 같았다. 내가 내 말에 진심을 담은 순간부
터 황혼의 미세한 것들이 보이기 시작했다.

— 게임? 근데 이렇게 말하면 넌 모르겠지?

— 먹는 것도 좋아하고 귀여운 것도 좋아하고

— 너처럼 책도 좋아해

파도처럼 푸른 책. 나는 방 한편에 수북하게 쌓인 책더
미에서 책 한 권을 가져왔다. 우리는 주인공에게 선물을
받는 것만 가능하다. 주인공에게 줄 순 없다. 하지만 내가
내 말에 진심을 담는 불가능한 행위가 지금은 가능하듯
이, 이것 또한 내가 바란다면.

"저도 황혼에게 선물을 주고 싶습니다."

나는 황혼에게 책을 내밀었다. 황혼과 나 사이에 작은 파도가 일렁였다. 그동안 황혼과 보냈던 시간들이 그 안에 담겨 있는 듯했다.

"당장 드릴 수 있는 건 이것뿐이지만……."

황혼이 손을 뻗었다. 황혼의 손끝에 책이 닿았다. 파도처럼 푸른 책은 다행히도 진짜 파도와는 달라서, 하얀 거품이 되어 사라지는 일은 생기지 않았다. 책은 황혼의 손에 무사히 안착했다. 나는 어쩐지 눈물이 날 것 같았다.

— 고마워 여명

— 나 진짜 눈물 날 것 같다

황혼은 그렇게 말하면서도 웃었다. 나와 같았다. 나는 황혼과 함께 웃었다. 우리는 울면서 웃었다. 아주 오래도록, 마치 영원처럼.

0

그리고 마침내
세계가 멸망했다.

+1

세계가 멸망했다?

+2

"야, 여명. 여기서 뭐 하냐?"

현이 물었다. 나는 아무것도 남지 않은 책상 앞에 앉아 있었다.

"이제 시초 애들도 난리 안 쳐서 할 일도 없는데. 우리 팀도 곧 해체될 거래. 주인공 하나 없다고 갑자기 너무 조용해."

현은 혼자서 이것저것 떠들다가, 다른 직원이 부르자 금세 자리를 떴다. 나는 여전히 아무것도 남지 않은 책상 앞에 앉아 있다. '주인공에 대해' 아무것도 남지 않은 책상 앞에.

세계는 멸망의 날을 맞이했고, 허공에 떠 있던 숫자도 마지막을 향했지만, 세계도 우리도 사라지지 않았다. 허무

할 만큼 그대로였다. 그러나 멸망하지 않았다는 사실만큼은 허무하지 않아서 모두 그것에 대해 기뻐했다. 아주 잠시 동안만.

왜 주인공들이 아무도 오지 않지?

누군가가 말했다. 그리고 그 순간 깨달았다. 더는 어떤 주인공도 오지 않을 거란 걸.

나는 안다. 이 세계는 주인공을 위해 존재한다. 나뿐만 아니라 세계의 모든 이들이 짐작하고 있을 것이다. 보이지 않는 누군가는 주인공을 위해 이곳을 창조했고, 우리는 주인공을 위해 일한다. 모든 건 '주인공을 위해'.

그런 세계에 더 이상 주인공이 오지 않는다면 우리는 어떻게 되는 거지?

주인공의 부재는 우리의 예상보다 확실했다. 주인공과 관련된 모든 자료들이 사라졌고, 저승문 담당 팀의 팀장 자리는 처음부터 없던 것처럼 비었다. 매일 저승문을 열고 다니던 시초도 멸망과 동시에 조용해져서 우리는 할 일이 없어졌다. 저승문 담당 팀은 곧 해체될 것이다. 그런데 애초에 저승문 담당 팀 외의 팀을 회사에서 본 적 있던가?

직원들의 반응은 정확히 절반으로 나뉘었다. 주인공의 부재가 어찌 됐든 세계는 멸망하지 않았고 우리는 멀쩡히 이곳에 있으니 그걸로 됐다고 생각하는 직원들과 처음부터 주인공을 위해 만들어진 세계인데 주인공이 없다는 것이야말로 멸망 그 자체라고 생각하는 직원들. 그리고 희한하게도 그 경계는 '주인공의 사랑을 얼마나 받았는가'로 갈렸다.

주인공이 오지 않으면 우리의 존재 의미는 없어요. 모두 알고 있잖아요⋯⋯.

반야는 주인공의 부재를 가장 두려워하는 직원 중 하나였다. 모두의 사랑을 받던 반야, 매일 수십 명의 주인공이 찾던 반야, 누구보다 강하던 반야.

주인공 없다고 당장 망하는 것도 아닌데 왜 그래? 이 기회에 우리도 맘대로 지내보자고!

현은 반대였다. 하지만 현은 그렇게 말하면서도 마지막 날 유비에게 받은 인형을 손에 꼭 쥐고 있었다. 주인공과 관련된 자료들은 사라졌지만 주인공들이 우리에게 건넨 선물만큼은 남았고, 주인공의 부재를 어떻게 받아들이든 결국 모두의 삶엔 주인공이 존재했다. 그것은 결코 지울 수 없는 자국이었다.

나는 눈을 감았다. 눈을 감아도 방 안에 가득 쌓여 있는 책들이 보였다. 파도는 모든 걸 지운다는데, 내가 가진 파도는 아무것도 지우지 못했다.

+3

쾅쾅쾅. 누군가가 거세게 문을 두드리는 소리에 잠에서 깼다. 이 시간에 올 사자가 없는데. 나는 의아했지만 문을 두드리는 소리가 너무나도 컸기 때문에 하는 수 없이 문을 열었다. 문밖엔 현이 있었다.

"왜 이제 열어!"

현은 붉게 달아오른 얼굴을 한 채 씩씩거렸다. 나는 영문을 몰라 가만히 서 있기만 했다. 현이 토해내듯 말했다.

"사자들이 사라지고 있다고!"

사무실에 있던 책상 몇 개가 사라졌다. 누가 치우거나 버린 게 아니었다. 동시에 자리의 주인들도 사라졌다. 말

그대로 '소멸'이었다.

"책상 몇 개가 안 보여서 다른 직원들한테 물어봤더니 원래 그 자리에 책상이 있었냐고 묻잖아. 그래서 여기는 지하 자리고 여기는 밤 자리라 하니까 자기들은 그런 사자 모른대. 이게 말이 돼?"

현이 말한 직원들은 입사한 지 얼마 되지 않은 직원들이었다. 그리고 그들의 존재를 모르는 직원들 또한 경력이 짧았다. 나와 현처럼 세계의 시작부터 매듭에 있던, 얼마 되지 않은 직원들을 제외하고는 아무도 사라진 책상과 직원들에 대해 의구심을 갖지 않았다.

"직원들만 모르는 게 아냐. 주인공도 잊고 있어. 뭔가 이상하다고!"

그들은 사라진 직원들뿐만 아니라 주인공에 대해서도 잊었다. 마치 처음부터 주인공 따위 존재하지 않았던 것처럼, 주인공 없이도 세계를 잘 꾸려온 사자들처럼. 몇몇 직원들이 그토록 바라던 삶이었다. 하지만 나는 사라진 직원들 및 주인공을 잊은 직원들 역시 이 세계에서 사라질 것이라고 확신했다. 내가 이 세계의 시작부터 있었단 사실을 무의식중에 알아차렸듯이.

사자들이 점점 투명하게 변해갔다. 모두가 소멸하고 있었다.

+4

사라진 직원들 및 주인공을 기억하지 못하는 직원들이 사라졌다. 그리고 그들을 기억하지 못하는 직원들이 또 늘었다. 팀원의 절반 이상이 소멸했다.

"무슨 조치라도 취해야 되는 거 아닙니까?"

"소멸하는 걸 막을 방법이 없잖아요……."

"그래서 이대로 손 놓고 있자고? 지금 다 죽게 생겼는데?"

"멸망의 시계가 나타난 순간부터 예견된 일이야. 우린 막을 수 없어."

아직 모든 걸 잊지 않은 직원들이 모여 머리를 맞댔지만 이렇다 할 방법이 없었다. 누군가는 소멸하지 않는 방법이 분명히 있을 거라 믿었고, 누군가는 멸망이 뒤늦게 일어나는 거라고 믿었다. 좁혀지지 않는 의견들이 충돌했다. 서로 싸우고 헤어지는 게 지금 할 수 있는 일의 전부였다. 그리고 그 사이에서 나는 아직 사라지지 않은 기억들을 기록하기 시작했다.

사라진 직원들의 책상이 소멸했듯, 내가 사라지면 나의 기록도 소멸할 것이다. 하지만 나는 남기고 싶었다. 내가 이곳에 있었다는 걸, 모두가 이 세계에 존재했다는 걸. 그래서 나는 이 글을 남긴다.

황혼은 내가 강하다고 말했다. 그때 나는 황혼의 말을 이해하지 못했지만, 지금은 알 것 같다.

+5

직원들이 또 사라졌다. 이제 이 세계에 남은 건 나와 현이 유일하다.

현은 방에 틀어박혀 나오지 않았다. 사무실에는 나밖에 없다. 아니, 회사에는 나밖에 없다. 사무실엔 나와 현의 자리만 덩그러니 놓여 있었다.

세계가 조용했다. 이전에 건너들은 바로는 시초도 우리

와 다를 바 없다고 했다. 그 말이 사실인지 아닌지는 모르겠지만, 직원들이 사라진 것처럼 세계도 사라지고 있었으니 사실에 가까울 것이다. 옥상에 올라가 주위를 둘러보면 나와 지평선의 거리가 짧았다. 이제는 남은 곳보다 사라진 곳들이 더 많아 보였다. 사라진 곳들은 그저 검기만 해서, 마치 저승문이 우리를 향해 다가오는 것 같았다.

텅 빈 사무실을 보며 사라진 직원들에 대해 생각한다. 나는 모두를 잊지 않는 게 축복인지 불행인지 헷갈렸다. 어느 날은 전부 잊고 싶다가도, 또 어느 날은 마지막의 마지막까지 기억하고 싶었다. 애써 붙들지 않으면 쉽게 흩어지는 게 기억이라서 가끔은 내가 잊었단 사실을 잊은 건 아닐까 했다.

단 한 가지. 황혼에 대한 것만은 선명했다.

황혼은 나를 잊었을까. 어쩌면 주인공들이 우리를 잊어서 이 세계가 사라지고 있는 걸지도 모른다. 아무도 기억하지 않는다는 건 존재하지 않는다는 것과 동일하니까. 우리는 주인공 없인 아무것도 아닌 존재니까.

그렇게 아무것도 아닌 존재라는 걸 증명하는 중이다.

+6

현이 사라졌다. 이제 세계에 남은 건 나뿐이다.

사자들뿐만 아니라 건물과 도로도 소멸됐다. 이제 남은 공간은 사무실과 내 방이 유일하다.

— 내가 없어도 행복해야 돼 여명

나는 황혼의 바람대로 할 수 없다는 걸 알았다. 어제까지만 해도 모든 게 선명했는데, 나 혼자 세계에 덩그러니 남겨져 있으니 보이지 않는 누군가가 내 기억을 하나둘씩 지우는 것 같았다. 지금 내가 적고 있는 것들도 사실인지 아닌지 확신이 서지 않는다.

나는 아무도 없는 사무실에 앉아 이 글을 쓰고 있다. 이 세계가 모두 소멸되고 끝내 나까지 사라졌을 때, 만약 이 글만은 사라지지 않아서 누군가가 발견한다면, 이곳에 우리가 있었다는 걸 알아주길 바란다.

우리는 분명 여기에서 숨 쉬고 있었음을.

+7

그런데

나는 누구지?

가위바위부 세이브 어스

백승화

영화 「걷기왕」, 「오목소녀」, 웹드라마 「식물생활」 등의
각본을 쓰고 연출했다. 다양한 매체에서 이야기를 쓰고 만든다.

1.

"안 내면 진 거, 가위바위보!"

여덟 개의 가위 사이에 유일한 주먹은 순아였다.

점심 식사 후 카페에서 우연히 만난 회사의 다른 팀 직원들까지, 9명의 커피값이 걸린 대승부였다. 모두가 오금을 저려 했지만 순아는 그렇지 않았다. 태어나서 단 한 번도 가위바위보에 져본 적이 없기 때문이었다.

특별한 방법이나 이유는 몰랐다. 그저 재능이라면 재능이었다. 남은 과자 부스러기를 서로 먹겠다고 승부를 갈라야 했던 유년기 때도, 떡볶이값을 몰아주던 학창 시절 때도 순아는 한 번도 무엇을 내야 할지 고민하지 않고도 당연한 승리를 얻었다. 여럿이 가위바위보를 하는 경우에는 이기는 여럿 중 끼어있어 눈에 덜 띄기도 했고, 가위바위보가 아닌 엎어라 뒤집어라, 제비뽑기, 사다리 타기 같은 선택지가 있는 내기에서는 되려 좋은 결과를 얻지 못하는 편이었기에, 가위바위보 승부가 잦은 학창 시절 내내 순아 스스로도 자신의 특별함을 눈치채지 못했다. 그저 운이 좀 좋은 편이라고 생각했을 뿐.

대학교 신입생 때, 가위바위보로 승부를 내야 하는 폭탄주 게임에서 계속해서 이기는 바람에 홀로 취하지 않게 된 날이었다. 집이 같은 방향이라 늘 함께 돌아가다 보니 마음에 두게 된 남학생이, 택시 안에서 한껏 취한 말투로 물었다.

"안 졌지? 가위바위보."

"뭐?"

"너 안 졌어. 내가 너 걸리면 흑기사 하려고…… 근데 안 지더라. 한 번도."

"그랬나?"

"어떻게 매번 이기는…… 우욱."

그날 택시와 길거리에서 연신 오버이드를 해내던 남학생의 등을 두드리다가, 순아는 자신이 정말 이제껏 단 한 번도 가위바위보에서 져본 적이 없다는 걸 처음으로 깨달았다. 혹시 그런가? 정말 그런가? 싶은 마음에 집 가던 길에 취기를 빌려 편의점 알바에게 괜히 가위바위보를 제안해 보기도 했다. 물론 삼세판 모두 이겼다. 이후로도 며칠간 저마다 다른 상대들과 백 번가량 가위바위보를 진행해 모두 이긴 순아는 이렇게 계속해서 '우연히' 이길 수 있는 확률이 얼마나 되는지 계산해 보았다. 한 번 이길 확률을 3분의 1, 대략 33퍼센트라고 가정했을 때 연달아 백 번을 이길 확률은 무려, 0.00000000000000000000000 0000000000000000000000019403252174%였다.

어찌나 강력한지, 손이 아닌 발로 해보거나, 온라인으로 해보는 경우에도 늘 이겼다. 심지어 일부러 지고 싶어도 지지 못했다. 이쯤 되니 순아는 자신의 능력이 무섭게 느껴지기까지 했다. 능력일지 저주일지 모를 일이었다. 이를 조금이나마 눈치챘던 짝사랑 남학생은 필름이 끊겼었는지 순아의 능력에 대해서는 아무것도 기억하지 못했고, 이는 순아 혼자만의 비밀이 되었다.

대학 졸업 후 한동안은 이 기이하고 하찮은 능력을 어떻게든 써먹어 보려고 고민해 본 적도 있었다. 영화에서 보면 이런 능력으로 라스베이거스 같은 데서 돈을 따기도 하니까 말이다. 하지만 가위바위보로 돈을 딸 수 있는 도박은 어디에도 없었다. 괜히 까불었다가 또 다른 영화에서처럼 이름 모를 국가기관에 잡혀가 인체실험을 당하게 될 수도 있었다. 한번은 이력서 특기란에 '가위바위보'라고 썼다가, 승부욕 강한 회사 상무님을 17번이나 내리 이기는 바람에 융통성 없다고 면접에서 떨어진 적도 있었다. 핀란드에서 열린다는 가위바위보 세계대회에 참가하여 우승 상금을 노려보는 것도 생각했지만, 우승 상금이 거기까지 가는 비행깃값과 별반 다르지 않다는 것과 마침 준비하던 취업 면접 일자와 겹치는 바람에 포기하였고, 그 면접에 붙어 지금의 평범한 회사원이 되었다. 굳이 유일한 업적이라고 한다면 핸드폰으로 하는 가위바위보 게임에 익명으로 참여하여 500연승을 거둔 것이 전부였다.

가위바위보에 이기는 능력이 있다고 해서 순아의 인생이 드라마틱하게 달라질 리 없는 것이었다. 가위바위보로 취직을 시켜주거나, 연봉을 더 주는 것도 이니었다. 지금의 순아에게 가위바위보 능력이란 그저 아까처럼 회사원들의 커피 내기에서나 빛을 발했다.

분명히, 오늘 퇴근 전까지는 그랬다.

2.

2022년 3월 1일 19시 57분 12초. 하와이 마우나케아산에 위치한 국제천문연구원 소속 크리스토퍼 박사 연구팀은 인류 최초로 외계에서 온 신호를 포착했다. 그전까지는 단 한 번도 볼 수 없었던 분명하고 명확한 신호였다. 그 내용은 다음과 같았다.

[가위]

'가위 프로젝트(Scissor Project)'라는 이름이 붙여진 극비리의 연구는 하루 만인 3월 2일 같은 시간에 두 번째 신호가 포착되자 더 이상 숨길 수만은 없게 되었다. 두 번째 신호는 다음과 같았다.

[바위]

온갖 추측이 난무하며 긴가민가했던 것들이 자명해졌다. 적어도 가위와 바위 다음이 무엇일지는 누구나 아는 것이기 때문이었다. 프로젝트의 이름이 'RPS 프로젝트(Rock, Paper, Scissors Project)'로 바뀐 것이 이를 증명했다. 또 다른 추측들이 난무하는 가운데 연구진 중 한 명이, 20년 전 이와 관련된 주제로 논문을 발표했다가 철저하게 무시당했었던 한 과학자를 기억해냈다. 그는 현재는 사망했다고 알려진 민홍구 박사였다.

민 박사의 논문인 「고대 문명 속 가위바위보에 대한 고찰」은 가위바위보의 기원과 역사에 대해서 의문을 제기하면서 시작된다. 한국말로는 '가위바위보', 중국어로는 '스토우 지앤다오 뿌(石头剪刀布)', 일본에서는 '쟌켄퐁(じゃんけんぽん)', 스페인어로는 'Piedra, papel o tijera', 영어로는 'Rock, Paper, Scissors', 독일어로는 '슈니크, 슈나크, 슈누크' 등으로 알려진 이 게임이 그 기원을 알 수 없을 만큼 오래되었다는 것이었다.

식상하게도 피라미드나 성경 등을 예시로 들고 있는 2000페이지짜리 연구조사 논문 결과를 몇 줄의 문장으로 축약하자면, 우리가 알고 있는 가위바위보는 대략 기원전 5000년, 고대의 인류가 외계인들로부터 전해 받은 게임이며, 당시 외계인들의 지배를 받던 인류가 투쟁 끝에 외계인과 가위바위보 대결을 하게 되었고, 인류가 승리함으로써 외계인들이 잠시 물러나게 되었지만, 언제든 그들이 다시 찾아와 재대결을 요청할 것이라는. 그러니까 말도 안 되는 이야기였다.

그럼에도 불구하고 현재의 연구진들이 이를 무시할 수만은 없었던 것은, 그의 논문 마지막 장에 적혀있는 재대결 예측 시기가 바로 정확히 2022년 3월 3일, 바로 내일이었기 때문이었다.

"소오름."

연구진 중 누군가가 중얼거렸다.

하루 동안의 혼돈의 시간이 지나고 마침내 3월 3일이 되었지만, 대처 방법에 관한 의견은 여전히 엇갈렸다. 연구진들은 물론 이를 알게 된 전 세계의 정상들도 마찬가지였다. 어떤 이들은 민 박사의 논문에 따라 가위바위보 대결에 적극 나서야 한다고 했지만, 대다수의 어성적이고 제대로 된 연구진은 이를 허황된 이야기로 치부할 뿐이었다. 그리고 시간이 되자 세 번째 신호가 도착하였다. 예상대로였다.

[보]

연구진과 각국 지도자들은 잔뜩 긴장했다. 뭔진 몰라도 가위바위보가 모두 나왔으니, 본격적인 다음 수순이 있을 거라 예상했던 것이었다. 외계인의 등장과 이어지는 무리한 요구 혹은 협박, 그리고 전쟁까지 생각한 사람들도 많았다.

그 무렵 누군가 창밖을 가리키며 말했다.

"저…… 저기!"

어두운 밤하늘에 달이 보였다. 다만 우리가 흔히 아는 달의 모습과는 달랐다. 가위였다. 달이 가위 모양이 되어 있었다.

곧이어 또 다른 신호가 도착했다.

[1 대 0]

"대박적."
연구진 중 누군가가 또 중얼거렸다.

3.

이후의 사람들이 '그날'이라고 부르게 된, 그날은 공교롭게도 금요일 밤이었다. 야근의 연속이었던 한 주를 마친 순아는 퇴근길 버스를 타고 마포대교에 멈춰 있었다. 버스뿐만이 아니었다. 수많은, 아니 거의 모든 차량들이 멈추어 선 채로 가위 모양이 된 달을 멍하니 바라보고 있었다. 보고도 믿을 수 없는 광경이란 게 있다면 이런 것이었다.

집으로 돌아오는 30분 남짓 동안, 세상에 큰일이 나긴 났구나 싶을 정도로 온갖 추측과 음모들이 온·오프라인을 뒤덮었다. 갑작스러운 전 지구적 사태에 대해 설명해 줄 만한 대답이 필요했다. 오래지 않아 한국을 비롯한 각 국의 정상들은 긴급한 성명을 공동발표했다.

"친애하는 지구 인류 여러분⋯⋯"이라는 문장으로 시 작하는 성명문은, 비장하고 엄숙하며, 무엇보다 전 세계 SF 팬들이 기다리고 기다렸을 만한 문장이었다. 내용은 달에 원인을 알 수 없는 변화가 일어났고, 현재 그 원인과 지구에 미치게 될 파장, 그리고 대책에 대해 인류 최고의 과학자들이 머리를 싸매고 있다는 것이었다. 납득할 만한 대답은 아니었기 때문에 의혹은 눈덩이처럼 커져만 갔다.

새벽까지 온라인상의 온갖 썰 들에 대해 검색해보느라 잠을 자지 못하고 있던 순아는 민홍구 박사의 논문과 관 련된 썰도 보게 되었다. 외계인과 가위바위보 대결이라니, 미쳐도 단단히 미쳤구나. 갈 데까지 갔구나 싶은데, 현관 벨이 울렸다. 벌써 왔는가, 닭발? 야식을 주문했었다. 닭발 과 맥주. 모처럼의 금요일 밤인데, 이어지는 뉴스 속보들 로 드라마도 예능도 모두 결방이었다. 비상상황에도 배는 고팠고 배달 또한 건재하게 접수되었다. 이 나라는 좀비 바이러스가 퍼지면 좀비를 피해서라도 배달 올 나라였다.

별생각 없이 문을 벌컥 연 것이 잘못이었다. 배달부라기에 너무 차려입은, 건정색 정장 치림의 남녀가 문 잎에 서 있었다.

"남순아 씨 맞으시죠? 청와대에서 나왔습니다. 급한 일입니다."

두 요원이 동시에 청와대 배지를 내밀며 말했다. 순간적으로 고객 유치를 위한 닭발집의 새로운 배달 이벤트인가 생각하면서 배지를 살폈지만 어디에도 닭발이라든지, 이벤트라든지 하는 글씨는 없었다. 청와대? 새벽에? 우리 집에? 왜? 정말 닭발 아니고?

"청와대요? 그, 대통령……?"

"맞습니다. 같이 좀 가셔야겠습니다. 지금 바로."

고양이가 그려진 하늘색 잠옷을 입은 채 검은색 정부 차량을 타고 청와대로 향하는 동안, 두 요원에게 들은 말은 "도착하면 설명해 주실 겁니다."뿐이었다. 살면서 딱히 큰 죄를 지었다고 생각하지는 않았지만, 잊고 있었던 온갖 죄스러운 일들이 머릿속에 주마등처럼 스쳤다.

초등학교 때 문방구에서 깜빡하고 계산 안 했던 일부터, 고등학교 때 친구의 애인과 살짝 썸을 탔던 일, 회사

카드로 몰래 파스타 먹었던 일, 아차, 그러고 보니 무슨 세금 내야 된다고 독촉증 같은 게 왔었던 것도 같은데 그걸로 청와대에서 올 거 같진 않고, 굳이 관련 있는 거라면 정부의 부동산 정책 관련한 뉴스에 '싫어요' 한 번 눌렀던 적 있었는데 그걸까?

"최강zi존@91 맞으시죠?"

회의실에 둘러앉은 이삼십여 명의 정부 기관 사람들 앞에서 자신의 유치뽕짝 게임 아이디가 불리자 크게 당황한 순아는 뭐라 답해야 할지 망설이고 있었다.

"아, 그게…… 중학교 때부터 쓰던 아이디라서 별생각 없이……"

어쩐지 변명을 하고 있던 순아의 말을 끊으며, 질문했던 국가위기관리센터의 김 차장이 말을 이어 나갔다.

"아시겠지만 전 세계적으로 긴급한 상황이다 보니, 익명이셨던 아이디를 저희가 수소문하게 되었습니다. 일단 앉으시면 상황 설명드리겠습니다."

순아는 자신과 비슷한 표정과 잠옷 차림으로 멀뚱히 앉은 세 사람의 옆으로 안내받았다. 모르긴 몰라도 이들도 순이처럼 이닌 밤 중에 닐버락을 맞고 이곳까시 온 게 분명했다. 자리에 앉자마자.

"대통령님 오십니다."

모두가 자리에서 일어났다. 어정쩡하게 따라 일어난 순아의 눈에 회의실로 급히 들어오는 대통령이 보였다. 정말, 진짜 TV에서 보던 대통령이었다. 대통령은 순아를 비롯한 네 명의 어중이떠중이를 보고는 고개를 숙여 간단히 인사를 하고는 자리에 앉았다. 기다렸다는 듯이 회의실 불이 꺼지면서 프레젠테이션 화면이 켜졌다. 제목은 다음과 같았다.

[가위바위보 긴급사태에 따른 대한민국 인력 선발 상황]

4.

"지금부터 말씀드릴 부분은 매우 긴급한 실제 상황이며, 조금의 거짓이나 과장도 없다는 것을 명확하게 말씀드립니다."

장내를 조용히 시킨 국가위기관리센터 김 차창은 이들이 이곳에 모이게 된 이유에 대해 설명하기 시작했다. 최초로 포착된 외계에서 온 '가위' 신호에서부터, 외계인이 몇천 년 만에 가위바위보 재대결을 걸어왔으며, 첫판이 이미 진행되었고 외계인들이 달을 이용해 가위를 내는 동안 인류는 아무것도 내지 않아 현재 1 대 0이라는 내용이었다. 발표는 차분하며 엄숙했고, 그래서 이상했다. 신종 몰래카메라 프로그램인가 싶어 두리번대는데, 대통령이 세상 진지한 표정으로 물었다.

　"그럼 이제 무얼 해야 합니까?"

　현재로선 예언서에 가까운, 민홍구 박사의 논문에 의하면 이 승부는 삼세판으로 이루어져 있었다. 두 번째 승부의 시작을 의미하는 또 다른 '가위' 신호가 이미 포착되었으며, 따라서 어쩌면 마지막이 될지도 모르는 두 번째 승부가 내일모레 열릴 것이었다. 순아를 비롯한 가위바위보 고수들을 이처럼 긴급하게 소집하게 된 것도 바로 이를 위해서였다. 지금 바로 각국의 대표를 뽑아 내일 하와이 천체관측 단지에서 열릴 인류대표선발대회에 내보내야 하는 것이었다. 인류 대표를 뽑는데 달랑 이틀이라니,

동네 통반장도 이렇게 급하게 뽑지는 않을 것이었다.

순아의 곁에 앉아 있던 세 명은 이른바 가위바위보 고수라는 호칭에 걸맞은 인물들이었다. 흰머리가 희끗희끗하여 가장 연세가 지긋해 보이는 60대 신사는 한국가위바위보협회 대표인 박만세였다. 협회가 있었어? 순아는 속으로 생각했지만, 그럴 만한 것이 박만세가 대표이자 유일한 회원이었기 때문이었다. 그 옆에서 자신만만하게 앉아 있는 순아 또래의 30대 남성은 놀랍게도 몇 년 전 순아가 참가하려다 포기한 가위바위보 세계대회에 한국인으로는 유일하게 참가하여 8강까지 오른 적이 있는 정종철이었으며, 마지막으로 이제 막 성인이 된 것 같은, 성난 표정의 남학생은 순아가 한때 열심히 했던 핸드폰 가위바위보 게임에서 20813승 10426패로 한국 종합랭킹 1위에 올라있는 이만수였다. 마지막으로 순아의 프로필이 사람들에게 소개되자, 나머지 셋은 놀람을 감추지 못하고 수군거렸다.

"최강zi존@91……? 정말이오? 전설의 그?"

갑자기 등장해 500승 0패라는, 가위바위보로써는 기적에 가까운 승률을 남기고 홀연히 사라져버린 '최강zi

존@91'인 것이었다. 순아에겐 '맞아. 그런 일이 있었지, 참' 하는 정도의 일이었지만, 이쪽 가위바위보계에서 그의 존재는 레전드 오브 레전드나 다름없었다.

네 명에 관한 간단한 소개가 끝나고, 번갯불에 콩 구워 먹듯 그 자리에서 바로 열린 4강 토너먼트에서 순아의 첫 상대는 협회 대표인 박만세였다.

"온라인과 오프라인은 다르지. 암, 협회를 대표해서 진짜 가위바위보가 뭔지 보여주지."

외계인의 존재와 고대 문명, 지구의 멸망, 인류의 존속 등의 믿을 수 없는 발표내용이 아직 소화되지 않아 얼떨떨하기만 한 순아와 달리, 상대는 오로지 눈앞의 가위바위보 대결에만 몰두하고 있었다. 3판 2선승제의 승부가 시작되기 직전에, 박만세가 말했다.

"난 주먹을 낼 거요."

도발이었다. 자신이 낼 것을 미리 말할 경우, 상대는 무의식적으로 이에 지는 것을 내게 되는 것이었다. 이를 가위바위보계에서는 '선전포고 전법'이라 불렀다. 주먹을 내겠다고 선전포고하고 실제로 주먹을 내면 이길 확률이 높다는 것이었다. 청와대에 긴장감이 흘렀다.

"가위, 바위, 보!"

박만세는 주먹을, 순아는 보자기를 냈다.

첫판을 졌지만 박만세는 당황하지 않았다. '승유패변의 법칙'이 있었기 때문이었다. 사람들은 자신이 이겼을 때 똑같은 걸 내고 싶어 하고, 졌을 때는 다른 걸 내려 한다는 법칙이었다. 이에 따르면 순아는 이번에도 보자기를 낼 것이었다.

"가위, 바위, 보!"

박만세는 가위를, 순아는 주먹을 냈다.

2 대 0, 순아의 완승이었다.

대통령을 비롯한 정부의 암튼 높은 사람들이 지켜보는 가운데 벌어지는 결승전이 준비되었다. 창밖에는 공항으로 향할 전용 헬기가 우승자를 데려가기 위해 내려앉고 있었다.

순아의 결승전 상대는 이만수였다. 또 다른 4강전의 승부처에서 정종철과 27번이나 같은 수를 내며 명승부를 펼쳐 관계자들에게 박수까지 받았던 그였다. 같은 게임의 랭킹 1위인 이만수에게 순아는 늘 눈엣가시였다. 자신이 아무리 잘해도 유저들은 '그래도 최강zi존@91만큼은 안 된다'며 비아냥댔던 것이었다. 승부 전 악수를 하던 이만수가 불편한 기색을 숨기지 않고 드러냈다.

"흥! 500연승은 말이 안 되지, 관리자가 만든 먼치킨 계정이나 해킹 계정일 거라고 유저들이⋯⋯"

"저 이번에 이기면 어떻게 되는 건가요? 하와이로 바로 가는 건가요?"

순아가 말을 끊으며 심판에게 질문했다. 끊었다기보다는 이만수의 말을 건성으로 들은 것이었다. 순아에게 이만수나 승패 여부는 관심 밖이었다. 어차피 이길 것이었다. 그보다는 한국 대표가 되면 어떻게 되는 건지가 궁금했다. 정말 이대로 잠옷 입고 하와이로 직행해서 인류의 존속을 위해 싸워야 하는 건지, 직장에는 뭐라고 대신 말해주는지, 닭발 값은 물어주는지, SNS에 자신의 상황에 대해 올려도 되는 건지, 국가대표가 되면 월급도 나오는 건지, 이도 저도 아니라면 사례금이라도 제대로 주는지. 묻고 싶은 게 산더미였다.

"질문은 경기 이후에 받겠습니다."

순아는 그제야 승부를 위해 이만수를 쳐다보았다. 어쩐

지 잔뜩 화가 난 표정이라고 생각했다 이만수가 외쳤다.

"가오해라!"

"저요?"

연달아 가위를 낸 순아의 2 대 0, 승리였다.

5.

"이렇게 국가대표가 되다니⋯⋯"

하와이는 생각보다 멀었다. 전용기를 타고도 8시간이나 걸렸다. 순아는 대한체육협회에서 제공한 국가대표용 공식 추리닝으로 갈아입고 퍼스트클래스에 앉아 있었다.

국가대표 월급이 이렇게 적은 줄 처음 알았다. 직장에는 정부에서 알아서 잘 둘러대 준다고 했는데, 도대체 뭐라고 할지 영 걱정이었다. 그래도 닭발 값도 물어주고, 인류 대표 여부와는 상관없이 사례금은 두둑이 주겠다고 하니 그나마 다행인 건가? 단기간에 벌어진 수많은 일에 대해 혼란스러워하던 순아는, 피곤이 몰려온 탓에 어느새 침까지 흘리며 곯아떨어지고 말았다. 잠든 사이에 외계에서 두 번째 '바위' 신호가 도착했다는 알림이 왔다. 이제 결전의 시간까지 딱 하루가 남았다는 뜻이었다.

잠에서 깼을 때는 이미 하와이 상공이었다. 와이메아-코할라 공항은 이미 자국의 가위바위보 챔피언들을 데리고 온 각국의 전용기들로 가득했다. 하와이 하면 떠오르는 새파란 바다와 서핑족들, 알록달록한 과일들과 야자수 같은 건 없었다. 천체관측 단지까지 가는 황량하고 텅 빈 도로에는 어떻게 알고 찾아온 방송국의 차량들만 가끔씩 보였다.

순아는 청와대의 공식 통역관, 수행요원과 함께 인류 대표 선발전이 열리는 천체관측 단지 인근 방문객 센터에 도착했다. 인종, 국적, 나이, 성별이 다른 각국의 대표 가위바위보 선수들 200여 명이 건물 곳곳에 모여 가위바위보를 연습 중이었다. 진풍경이었다. 그중 유독 눈길을 끄는 것이 있었는데, 커다란 눈과 팔 하나가 달린 인간형 로봇이었다.

"RPS 2.0이요."

덥수룩한 금발의 중년 라틴계 여성이, 약간은 어색한

한국어로 말을 이어갔다.

"가위바위보 하려고 만들어진 AI 로봇, 하지만 전혀 몰라요?"

"네. 제가 잘…… 근데 누구세요?"

"저는 브라질 대표 마리아입니다. 한국 챔피언이죠? 만수에게 얘기 들었습니다."

마리아는 순아의 등판에 대문짝만하게 그려진 태극기를 가리키며 친근함을 표했다.

"만수?"

순아가 그게 누군지 모른다는 표정으로 난감해하자, 곁에서 듣고 있던 통역관이 결승전 상대였다고 말해주었다. 마리아가 웃었다.

"하하! 기억 안 날 정도로 상대가 안 되었나 봐요. 나는 만수 친구, 그리고 선생님. 한국에서 잠깐 살았어요. 그때 내가 만수 가위바위보 가르쳤어요. 물론 이긴 경험, 내가 훨씬 많아요."

싱글싱글 얄밉게 웃는 마리아의 양어깨에는 가위바위보와 함께 BTS 멤버들의 얼굴이 그려진 타투가 있었다.

"그럼 이따가 만나요. 만수의 복수. 기다려. 안녕히 계세요."

마리아가 인파 사이로 걸어가자, 사람들이 그를 알아보고 몰려들어 사인을 받으려 했다. 통역관이 순아에게 다가와 말했다.

"세계 챔피언이래요. 저 사람."

그는 10년 연속 가위바위보 세계 챔피언, 마리아 다 실바였다.

예선전이 시작되었다.

당장 지구가, 인류가 멸망할지도 모른다는데 가위바위보 승부에만 미쳐있는 사람들이 여기 다 모여있었다. 그에 비하면 순아는 모든 게 얼떨떨했다. 가위바위보 이긴다고 인류 대표가 되는 것도, 진다고 멸망하는 것도 말이다. 지나가는 아무나 잡고 "저기, 지금 이거 나만 이상한가요?" 물어보고 싶었다.

얼떨떨하다는 소감과는 별개로 순아의 능력은 진짜였다. 단 한 번의 무승부도 없이 2 대 0 승리들을 이어갔다. 파죽지세였다. 순아 입장에선 뭐든 내면 이기니 긴장감이라 할 것도, 고민할 것도 없이 싱겁기만 한 승부들이었다.

마리아 또한 대단했다. 세계 챔피언다운 압도적인 기술과 능숙함도 있었지만, 놀라운 쇼맨십으로 대국을 즐겁게 만들었다. 특히 주먹을 연달아 세 번 내는 '산사태' 전법과 주먹들 중간에 보자기를 내는 '지폐 쥔 바위' 전법은, 그녀를 긴 기간 동안 왕좌에 앉게 해준 전매특허였던 만큼, 이 전법이 펼쳐질 때마다 지켜보던 다른 선수들도 어느새 관객이 되어 환호했다.

예선전이 끝날 무렵, 순아에게 사인을 해달라는 사람들이 생기기 시작했다. 그야말로 다크호스였다. 사인이라고는 카드 긁을 때 했던 사인이 전부였던 순아에게 이런 관심 집중은 당황스러운 일이었다. 함께 온 통역관과 수행비서는 이러한 상황을 빠르게 본국으로 전하기 바빴다. 그리고 마침내 순아의 준결승전 상대가 정해졌다.

RPS 2.0이었다.

가위바위보에서 이기기 위해 가장 중요한 것은 아마도 동체 시력일 것이다. 손을 뻗기 직전, 인간이라면 어쩔 수 없이 자신이 내고자 하는 손 모양을 준비하게 된다. 가위를 내려 한다면 검지와 중지가 살짝 열려있게 되고, 보자

기를 내려 한다면 주먹에 비해 아주 조금 헐거워진 모양
이 되는 것이다. 찰나의 순간에 미세하게 생기는 변화이
기 때문에, 순간적으로 이를 얼마나 잘 포착해내느냐가
중요한 승부처였다.

이러한 포인트를 극대화한 것이 바로 RPS 2.0의 주요
기능 중 하나였다. 한계가 분명한 인간의 시력과는 달리
초고속 카메라가 장착된 기계 눈을 이용해 순간적이고 미
세한 상대방의 움직임과 떨림까지 포착해냈다. 그리고 슈
퍼컴퓨터를 이용해 다음 동작을 예측하여 반응하는 이
최첨단 기술들은, RPS 2.0이 가위바위보의, 가위바위보에
의해, 가위바위보를 위해 만들어진 로봇이자, 우승 후보임
을 부정할 수 없게 했다.

"가위! 바위! 브으ㅇㅇ……"

보가 외쳐지기 시작하고 순아가 손을 내미는 그 찰나
의 순간, RPS 2.0은 초당 수천 장의 사진을 찍어 빠르게
분석했다. 처음엔 평범한 주먹 같던 순아의 손 모양은 점
차 검지와 중지가 벌어지고 있었다. 각도, 속도, 간격, 총
99.9%의 확률로 가위를 낼 때의 손 모양이었다.

"브으ㅇㅇ…… 오!"

RPS 2.0은 주먹을 냈고, 순아는 보자기를 냈다.

누구보다 당황한 것은 RPS 2.0 자신이었다. 분명 가위였는데 보자기가 나왔다. 참(true)인데 거짓(false)이고, 0인데 1이었다. 이런 경우는 없었다. 물리적인 측정량의 오류가 있다고 생각한 RPS 2.0은 이번엔 통계적인 방법으로 상대하기로 했다. 총 10억 번가량의 가위바위보 승부 결과가 입력되어 있는 통계였다. 인종, 국적, 나이, 성별, 시간, 장소, 온도, 습도 등에 따라 어떤 조건에서, 어떤 인간이, 어떤 걸 내게 되는지 확률로 나타낸 것이었다. 추가적으로 이번 대회에서 순아가 냈었던 기록들까지 더해져 완벽에 가까운 결과를 도출할 것이었다.

"가위! 바위! 보!"

RPS 2.0은 작동하지 않았다. 그에게 도출된 결과는 놀랍게도, '이길 수 없음'이었다.

6.

결승전의 막이 오르고 긴장감이 감돌았다. 주변으로

다른 대표 선수 200여 명이 관람을 위해 둘러싼 모습이었다. 먼저 결승 무대에 올라선 마리아가 짧게 성호를 그으며 기도를 하자, 긴장감에 숙연함까지 더해졌다. 떠밀리듯 내키지 않는 표정의 순아가 무대에 올라왔다. 막상 결승전까지 와버리니 심정이 더욱 복잡했다. 이번에도 이겨버리면 진짜 인류 대표가 되어버린다. 그게 무얼 의미하는 것인지 순아는 아직 실감하지 못했다.

대결 직전 마리아가 말을 걸었다.

"나, 마리아 다 실바. 태어나면서부터 가위바위보 하면서 태어났어요. 의사 이겼어요, 간호사 이겼어요, 엄마 이겼어요! 아임 갓 오브 가위바위보!"

사람들이 환호했다. 마리아가 착한 사람 같긴 하지만, 친해지기는 어렵겠다고 생각한 순아는 대답 대신 어색한 미소를 지었다. 악수를 나눈 두 선수가 자신의 자리로 돌아가자. 심판이 나와 가운데에 섰다.

결승전 시작이었다.

"첫 번째 판 시작하겠습니다. 가위, 바위, 보!"

"우와!"

함성이 터져 나왔다. 마리아 다 실바, 10년 연속 세계 챔피언이 첫 번째 판에서 바로 진 것은 보기 드문 일이었다. 마리아 본인도 놀란 듯이 자신이 낸 주먹과 순아의 보자기를 번갈아 보며 중얼거렸다.

"지저스."

10년간 가위바위보계의 왕좌를 지켰던 세계 챔피언의 승부수도, 순아의 하찮지만 대단한 가위바위보 능력 앞에서는 무용지물이었다. 순아는 이미 우승 이후를 생각하고 있었다. 자신의 능력이 로봇에게도 통하고 세계 챔피언도 통한다면, 외계인에게도 통할까? 정말 이대로 내가 세상을 구하게 될까? 엄마가 내 태몽으로 높은 산에서 딸기를 땄다고 했었는데, 혹시 외계인이 딸기처럼 생긴 걸까?

"두 번째 판 시작하겠습니다. 가위, 바위, 보!"

바위?

둘 다 바위였다. 자신의 주먹과 마리아의 주먹을 멍하니 번갈아 보던 순아는 갑자기 비틀거렸다. 다리에 힘이 풀렸다. 심판이 빠르게 부축하지 않았다면 주저앉았을 것이다. 태어나서 처음 겪은 무승부였다. 외계인의 가위바위보 침공이나, 지구 멸망도 이 정도의 충격은 아니었다.

비길 수 있다니⋯⋯!

비길 수 있다는 것은 질 수도 있다는 뜻이었다. 갑자기 온몸에 두려움이 퍼져나갔다. 이전처럼 아무렇게나 느끼는 대로 손을 뻗을 수가 없었다. 무얼 내야 할지 고민하기 시작했고, 그럴수록 더 혼란스러워졌다. 상대인 마리아가 맹수처럼 느껴졌다. 어흥! 가위바위보로 사지가 갈기갈기 찢길 것만 같았다. 식은땀이 흘러내리고 한기가 엄습했으며, 토할 것만 같았다. 승부에 대한 걱정, 초조함, 부담감. 당연히 이기던 이전에는 느끼지 못했던 것들이었다.

순아의 능력이, 무조건 이기는 가위바위보 능력이 사라진 것이었다.

"바위 상태에서 이어가겠습니다. 가위, 바위, 보!"

마리아가 가위를 냈다. 아무것도 내지 못해 바위 상태로 머물고 있던 순아의 승리였다. 이긴 게 이긴 게 아니었다.

"좆됐다."

순아의 중얼거림이 함성 소리에 묻혔다.

인류의 대표가 선발된 순간이었다.

7.

"오~ 필승 남순아! 오~ 필승 남순아! 오~ 필승 남순아!
오! 오레, 오레!"

2002년 월드컵과 2016년 촛불집회 때보다도 많은 인
파가 광화문 광장에 모였다고 했다. 뉴욕의 타임스퀘어에
모인 200만 명의 인파가 순아의 이름 스펠링에 맞춰 단체
춤을 췄다. 이슬람 사원 앞의 1000만 명은 순아가 있는
하와이 방향을 향해 절을 하며 기도를 올리고 있었다. 천
안문 앞에도, 붉은 광장과 앵커리지 시내에서도 그랬다. 마
다가스카르에선 맨발의 아이들이 순아의 이름이 적힌 티
셔츠를 입고 거리를 뛰어다녔다. 언제 어떻게 새어나간 건
지는 알 수 없었지만, 세계는 이른바 순아 신드롬이었다.

30분 뒤에 있을 외계인과의 가위바위보를 준비하기 위
해 홀로 대기실에 앉아 있던 순아가 아무리 TV 채널을
돌려봐도 모조리 '순아', '순아'뿐이었다. TV를 끄기 전 마
지막 채널에서는 순아의 직장동료들이 나오고 있었다. 순
아가 프라푸치노를 좋아했다는 둥, 모두가 가위를 낼 때
혼자 주먹을 냈다는 둥, 쓰잘데기 없는 증언들이 속보와

특집으로 방영되고 있었다.

순아의 머릿속에는 오로지 이 생각뿐이었다.

'도망쳐야겠다.'

순아는 대기실 문을 살짝 열고 밖을 살폈다. 복도에는 수십 명의 다른 선수들과 연구진들이 곧 있을 출전을 응원하기 위해 기다리고 있었다.

"뭐 필요하신 거라도?"

문 앞에 있던 수행요원은, 뭐든 말만 하면 다 해줄 테니, 가위바위보만 이겨달라는 듯한 간절하고 친절한 표정으로 순아의 대답을 기다렸다.

"아, 아닙니다."

도로 들어와 어쩔 줄 모르고 있던 순아에게, 대기실 한편에 마련된 화장실이 눈에 들어왔다. 정확히는 화장실 안에 있는 작은 창문이었다. 분명히 작긴 했지만 시도해 볼 만했다. 머리부터 창밖으로 빼내 보니 밖은 이미 어두운 새벽이었다. 팔과 가슴까지는 어떻게든 빠져나갈 만했다. 문제는 배였다. 아랫배가 끼어버렸다. 세 달짜리 끊고 달랑 이틀 나갔던 헬스장의 트레이너가 거 보라며 비웃을 것만 같았다.

그때 어디선가 익숙한 목소리가 들렸다.

"순아? 거기서 뭐해?"

마리아였다.

"당신 혹시, 도망? 런 어웨이?"

대기실 밖에서 수행요원이 순아를 부르는 목소리가 들렸다.

"남순아 선수, 이제 가셔야 됩니다!"

다급해진 순아가 아랫배를 창문에 걸친 채로 말했다.

"그래, 나 런 어웨이야! 그러니까 마리아가 나 대신해라! 외계인이랑 가위바위보!"

"왓? 무슨 소리야. 순아가 챔피언이야. 인류 대표! 유, 자신감 가져."

마리아의 격려에 애써 참던 억울함과 후회가 물밀듯이 몰려왔다. 이럴 줄 알았으면 청와대 사람들이 집에 찾아왔을 때 쫄아서 덥석 따라가는 게 아니었다. 애초에 핸드폰 게임만 안 했다면 들키지 않았을 텐데, 나는 왜 가위바위보 같은 걸 잘하는 바람에! 아니, 그보다 외계인들은 왜 하필 가위바위보로 지구를 정복하려 하냐? 다른 것도 많잖아. 사다리 타기도 있고, 제비뽑기로 정할 수도 있는

데. 무엇보다 왜 하필, 지금, 갑자기 능력이 사라진 거야? 평생 쓰잘데기 없을 때는 잘만 이기더니, 지구의 멸망이 걸린 이렇게 중요한 때에 왜? 어째서!

"마리아가 몰라서 그래, 나 가위바위보 능력을 잃어버렸어. 지금 난 아무것도 아닌 사람이라고!"

"능력?"

마리아가 웃음을 터뜨렸다. 어느새 눈물을 글썽이고 있는 순아에게 마리아가 다정하게 말했다.

"순아, 가위바위보는 그냥 세 개 중에 하나 고르는 거야. 나, 순아, 외계인, 다 똑같아. 평등해. 능력 없어도 돼. 그래서 위 러브 가위바위보."

순아가 엉엉 울었다. 억울한 건지, 두려운 건지, 감동인 건지, 끼인 데가 아픈 건지, 뭐가 뭔지.

엉엉 우는 순아의 머리통을 마리아가 다시 창 안으로 밀어 넣었다.

8.

천체관측 단지는 마우나케아산 정상에 위치해 있었다.

봉우리들마다 자리한 돔 형태의 천문대들 가운데, 특별 개조된 '가위바위보 신호 송신장치'가 보였다. 순아가 낼 가위바위보 결과를 우주 저 멀리에 있는 외계 신호의 발신지로 쏘아 보내도록 고안된 장치였다.

그곳에 인류의 대표, 순아가 도착해 있었다. 마른 눈물 자국이 아직도 볼에 남아 있었다. 고개를 들자 드넓은 밤하늘이 보였다. 고작 가위바위보 따위로 인류와 지구의 운명을 결정한다는 말도 안 되는 대결도, 끝없이 펼쳐진 밤하늘 수많은 별들의 고요함 속에 있노라니, 그게 뭐 대순가 하는 생각까지 들었다. 이상한 일들로 가득했던 이틀 동안이 머릿속에서 순식간에 스쳐 갔다.

10

9

8

모니터에 카운트다운이 시작되었다. 이길 수도, 비길 수도, 질 수도 있었다.

7

6

5

4

가위바위보를 처음 해보는 사람처럼, 아무런 계산이나 고민도 없이.

순아가 머리 위로 손을 뻗었다.

3

2

1

세상을 구하는 순아의 가위바위보가 우주 저 멀리로 쏘아 올려졌다.

9.

놀랍게도 당시 있었던 두 번의 가위바위보 승부는, 화성 정찰위성이 촬영한 사진 속에서 지금도 확인해 볼 수 있다.

이 위성은 현재 'SoonA-0303'으로 개명되었으니, 흐릿한 사진 속에는 가위 모양의 달과 주먹처럼 둥근 지구의 모습이 나란히 담겨 있다.

인류의 종말은 투표로 결정되었습니다

1판 1쇄 펴냄 2023년 10월 13일
1판 2쇄 펴냄 2023년 12월 19일

지은이 | 위래, 유권조, 이아람, 백승화, 김도연, 천가연
발행인 | 박근섭
편집인 | 김준혁
펴낸곳 | 황금가지

출판등록 | 2009. 10. 8 (제2009-000273호)
주소 | 06027 서울 강남구 도산대로 1길 62 강남출판문화센터 5층
전화 | **영업부** 515-2000 **편집부** 3446-8774 **팩시밀리** 515-2007
홈페이지 | www.goldenbough.co.kr

도서 파본 등의 이유로 반송이 필요할 경우에는 구매처에서 교환하시고
출판사 교환이 필요할 경우에는 아래 주소로 반송 사유를 적어 도서와 함께 보내주세요.
06027 서울 강남구 도산대로 1길 62 강남출판문화센터 6층 민음인 마케팅부

ISBN 979-11-7052-348-2 03810

㈜민음인은 민음사 출판 그룹의 자회사입니다.
황금가지는 ㈜민음인의 픽션 전문 출간 브랜드입니다.